U0086056

幻想之翼

張淑勤

郭鴻韻

開卷語

就像是天空
曾經輕輕吻過大地，
花雨紛紛中，
大地必然夢著天空。

微風拂掠過原野，
麥穗輕柔地搖曳，
森林窸窣著耳語，
星空如此閃爍而明淨。

於是我的靈魂舒展
高舉翅翼遨翔，
飛越於靜寂的大地，
彷彿如在歸途。

譯自德國浪漫派詩人艾韓朵夫（Joseph Freiherr von Eichendorff, 1788-1857）的詩作〈月夜〉（*Mondnacht*）；音樂家舒曼（Robert Schumann, 1810-1856）以此詩譜曲，編號為 39 之 5。

目　次

開卷語　3

　目次　7

　序言　13

即興曲　17

　某一個清晨，在花園　19

　相遇在靈魂的春天　20

　落葉　21

　與季辛相遇　22

　憂鬱與理想　23

　悲劇與喜劇　25

　《無弦之歌》註記　26

唱和集　29

　陽台小花園　31

　定風波　34

　火山　37

　暴風雨　40

　狗木樹的春天　43

饗　宴　47

杏子的滋味　49

薩提式的午餐　53

巴哈咖啡　55

諾瑪意大利麵　58

三個橘子之戀　60

智慧之泉　63

賦格花園　69

修道院的花園　71

鶺鴒之賦格　72

雲雀之賦格　73

捎信鴿　75

鴿子的禮物　79

映　象　89

鏡子　91

鏡中之鏡　93

幻想之翼　95

畫筆和鋼筆　97

魔術師　99

薑花　103

奇妙二重奏　107

週六的飛翔　113

第五個小丑　121

第五個小丑　123

琴劍和鳴　127

鯨劍出匣　128

琴筆詠春　131

四　季　133

冷、冷、冷　135

春天之憧憬　139

牧神的午後　143

秋天才要開始　147

樹之組曲　149

當我倚靠著一棵大樹　151

當一棵樹轟然倒下　153

維納斯的誕生　155

歡呼的手臂　157

誰綁住了你？　159

樹的精靈　161

沈　睡　163

樂興之時　165

一種永恆之美　167

韓德爾的極緩板　169

假如音樂是愛的糧食　172

今夜微風輕吹　175

莫札特的眼淚　177

飛翔在冷與濕中　183

舒伯特的未完成　184

杜普蕾與大提琴　186

海上鋼琴師　188

三首頌歌　191

　月　光　193

　孤　獨　197

　聖　殤　203

後　記　209

　後　記　210

　圖象註記　220

　關於 B7272 小行星　223

序言

在《無弦之歌》之後，我們又點亮了一顆新星—《幻想之翼》，編號為 B7272 小行星系列 之 6。

《無弦之歌》歌詠的是寂靜—無聲之音；那麼《幻想之翼》呢？它所吟唱的又是什麼新的曲調？

有一個源自於東方印度的古老傳說—

人類的祖先原本居於天外之天，名為「光音天」，不具物質性的身體，而是一團明光的聚合，他們不需言語，以光作為溝通的媒介（光音），而且飛行迅捷，隨意想而來去自如。

但光音天的天人（人類的祖先）並不完美，他們仍然具有人性中貪、嗔、痴的弱點，有一次他們飛訪地球，貪戀起地球上甘洌的泉水與可口的草木、果實……，於是身上的明光漸次黯淡，長出了筋骨血肉，從此失去了飛行的能力，被困在地球的塵土上，再也飛不走了。

丹麥的哲學家齊克果，也講過一個野鵝與家鵝的寓言—

一隻野鵝，憐憫家鵝之混跡地面，忘失了自己飛行的本能，牠自願留在地面，喚醒家鵝潛藏的夢想，鼓勵家鵝重回天空；結果呢？牠飽受家鵝的譏訕、排擠、欺壓，最終牠被家鵝混同，成為家鵝的一員，但牠內心深處仍然潛藏著飛行的夢

想，每望著掠過天空的野鵝而興嘆。（見《無弦之歌》：〈永恆的回顧〉）

這隻混同於家鵝的野鵝，雖擁有一個想飛的靈魂，卻被困在體軀與塵世的泥沼裡，多麼悲傷啊！

〝但是詩人哪，你會飛，沙鷗展翅，天地作家。〞（見本書《三首頌歌》：〈月光〉）

除了詩人，還有哪些靈魂得以脫困高飛？且能喚醒眾人沈睡的夢想，一起展翼遠颺？

〝我還沒有消磨掉人生，人生就把我消磨掉了。〞福婁拜爾如是說。（見本書《即興曲》：〈憂鬱與理想〉）這位寫實主義小說大師如何超拔他悲傷且沈重的靈魂呢？〝哦，幻想，帶我到你的翅翼，使我的悲傷輕盈。〞

除了文學，還有音樂——
舒伯特：Impromptu Op.142, No.3 in B flat Major
它讓我的靈魂揚升，飛翔在冷與濕中。
（見本書《樂興之時》：〈飛翔在冷與濕中〉）

除了音樂，還有繪畫——
看哪，米羅、夏卡爾、康丁斯基……，畫家們奇幻的天空！

幻想，是神的靈感，祂賜給藝術家靈感，讓藝術家在時間與空間中創作，以詩歌、文字、音樂、圖象……喚醒沈睡的

夢想，引領甦醒的靈魂搭上幻想的翅翼，翱翔於宇宙。

——這是本書《幻想之翼》所欲吟唱的曲調。

其實 B7272 小行星全系列，從《金背鳩奏鳴曲》、《會飛的房子》以至《無弦之歌》，全都具有幻想的特質，它們都是為了喚醒靈魂深處的本能、為了鼓舞混跡地面的野鵝而寫。

在 B7272 — 6 這顆小行星的天空上，飛舞著畫筆和鋼筆、有兩片葉子的薑花、貓和鳥、輕靈的鵪鶉、歌聲嘹亮的雲雀、從橘子裡走出來的公主、魔術師的棒子、鯨筆與琴筆……。

我們感到好奇的是：如果讀者您，擁有一個嚮往自由的靈魂，乘著幻想之翼，您將飛往何處去？

是星辰之上嗎？那裡住著一位慈愛的上帝。

是魯米的花園嗎？一個泯除是非善惡的純淨之域。

還是太平洋濱？一個溫暖的遺忘之地……。

（見本書《樂興之時》：〈今夜微風輕吹〉）

願我們能在詩歌、音樂、繪畫……的陸地、海洋與天空相遇。

張 淑 勤

於 2018 年秋

即興曲

某一個清晨，在花園

　　時常揣想天堂的模樣—

　　是五顆星級的養老院？

　　還是一場又一場、無休無止的芭比盛宴？

　　是小時候戲耍的海角一樂園？

　　還是像羅馬的元老院？一群群穿著白袍，神情肅穆的人走來走去？

　　天堂一定有鳥吧？不然，為什麼有一種鳥名為天堂鳥？

　　天堂必然有羊吧？聖經裡有很多的羊被獻給了神。

　　天堂開著百合花吧？因為鮮潔的百合花無憂無慮。

　　那麼狗呢？貓呢？鴨呢？鵝呢？兔子呢？老鼠呢？甲蟲呢？

　　天堂究竟是單一物種？還是呈現著生命的多樣性？

　　想了又想、想了又想，

　　直到看見這朵在清晨開放的小黃花—

　　當一隻小蟲爬進了它的花心，

　　牠一定以為自己進入了天堂！

相遇在靈魂的春天

　　春天在這裡打轉，它帶來雷聲與閃電，它帶來輕濛的霧雨，它帶來陰鬱與眼淚—
　　但是春天喲！這裡沒有光。

　　乘著春天的翅翼，飛到遙遠的河畔，那裡有一座美麗的教堂，牆上嵌著藍色的玻璃窗—
　　夢幻似的藍光喲！挑起了心弦的顫動。

　　在藍色的夢幻裡，我們相遇了，相遇在靈魂的春天，我驚訝地看著你，滿懷欣喜—
　　因為悲傷的眼淚喲！早已從欣喜的縫隙中流盡了。

落葉

冷極，獨坐林中寒室，讀著《紀德日記》——

唔，這些希臘人，讀起來真美妙，但閱讀得有個背景：通過德國文獻學家讀索福克勒斯。在隱修士的修室中讀柏拉圖，讀歐里庇德士得有肖邦音樂的伴奏，讀忒奧克里托斯則選在小溪邊，而讀薩福卻則在懸崖的岩石間。（李玉民譯，上海譯文出版社，頁4）

停住閱讀，心想：讀《紀德日記》得有個怎樣的背景？

抬起頭，一陣冷冽的秋風吹過，窗外的群樹紛紛飄下枯葉，從收音機裡傳出捷克音樂家楊納雅克（Leoš Janáçek, 1854-1928）的鋼琴素描〈落葉〉（*A Blown Away Leaf*）——

伴隨著鋼琴的輕吟，詩人里爾克（R. M. Rilke, 1875-1926）讀誦著他〈秋日〉詩中的最後一節——

> 如果你現在沒有房子，就不要去建造
> 如果你現在是孤獨的，你將永遠孤獨
> 坐著，閱讀，寫長信，度過夜晚
> 在林蔭下來來回回
> 漫步，落葉紛飛

唉，這落葉，這落葉幽幽的嘆息，是生命中不能承受之輕哪！

與季辛相遇

當然，我確乎了解：多數人並不需要心靈的糧食，但我還是要與你分享，願我們能在寧靜中相遇。

為了尋求寧靜，昨晚上床前讀了《四季隨筆》（*The Private Papers of Henry Ryecroft*, 1903）〈春之卷〉之第 17 節，季辛（George Gessing, 1859-1903）這麼寫他心中的寧靜—

今天一直下著雨，卻是喜悅的一天。我收到一個棕色的大紙袋，裡面是幾天前我向倫敦訂的書。懷著因為幸福而顫動的心，我的手發著抖以小刀裁開紙袋，裡面裝著的書，我聞其書名已經大半生了，但從未見過它。聞那新書的香味，瞧那燙金的書，我的眼睛因為興奮而朦朧。……誰比我更欣賞《遵主聖範》（*De imitatione Christi*）中這句話呢？〝在一切事物中我追求安靜，但是我得不到它，除非是在一個角落裡手執著一卷書？〞（方達仁譯，人文自然文化出版）

晨起，我追索了一下作者肯比司（Thomas á Kempis, 1380-1471）其人，他是十五世紀基督教的靈修僧侶，其書《遵主聖範》（又譯作《師主篇》，耿稗思譯，光啟文化出版）以拉丁文寫成，其英譯本與他種語文譯本普行於世。

昨晚我睡了一場好覺，不必憑藉藥劑的魔力，而是因為肯比斯的這句好話。

憂鬱與理想

在書裡漫行，遇見熟悉且敏慧的靈魂，總是令人莞爾。

在波特萊爾（C. P. Baudelaire, 1821-1867）的《惡之華》（*Les Fleurs du mal*）裡，有這麼兩行詩—

只因為緊緊摟過浮雲

我的雙臂筋疲力盡

繼續翻動著書頁，不一會兒，又撞見二十歲的紀德（André Gide, 1869-1951）在日記裡如此寫道—

在理想和我的棲息地之間，隔著我的一生。

多麼相似的兩個靈魂，他們用著不同的語言，說著同一件事，一個是詩意的，另一個是散文的。

然後在下一頁裡，又遇見了福婁拜爾（Gustav Flaubert, 1821-1880），他說的話就比較直白了—

我還沒有消磨掉人生，人生就把我消磨掉了。

紀德這麼說福婁拜爾的小說—

那是一個亂人心性，又令人神往的世界。

讀到這裡，突想掙脫我的棲息地，那是一灘浮泛而且沾黏的泥沼，想躍入一個生命靈動的世界—

那得耗上我的一生嗎？

悲劇與喜劇

「噢，小灰蝶，你來了！」
「怎麼？我們曾經見過嗎？」
「我對你有一種似曾相識的感覺。」

三天之後，凋殘的花瓣飄落在地，地上躺著一隻沒了生命氣息的小灰蝶。
一位路過的天使挖了一個坑，把它們埋在一起。

英國詩人濟慈（John Keats, 1795-1821）如此寫道：
  "Beauty is truth, truth beauty," — that is all
    Ye know on earth, and all ye need to know.
  「美即是真，真即是美，」—此即一切
    你們在塵世所知道的，與應該要知道的。

另一位詩人狄董遜（Emily Dickinson, 1830-1886）這麼說：美與真並躺在墓穴中，它們原是「一」。

當春天來臨時，從土坑裡長出一棵新生的植物，它開著花，一隻小灰蝶向它飛了過來—這時候，突然領悟了卓別林（Charles Chaplin, 1889-1977）說過的話—
人生從近處看是悲劇，從遠處看是喜劇。

《無弦之歌》註記

馬修 · 圭列里（Matthew Guerrieri，作家、作曲家、鋼琴家）的解釋是：我們聽到的音樂是從寂靜中走出來的，你所聽聞的只是音樂的某些部份。（*The First Four Notes: Beethoven's Fifth Symphony and Human Imagination*）

它從寂靜中走出來，也將走入寂靜中。

音樂是海，海的深處是永恆的寂靜，你聽見的是海面上偶然興起的波與沫。

The voices blend and fuse in clouded silence: silence that is the infinite of space: and swiftly, silently the soul is wafted over regions of cycles of cycles of generation that have lived.

喧鬧聲融入雲霧般的寂靜中：寂靜是無邊無際的：靈魂輕盈而寂靜地飄過世代輪迴生活過的地域。

上文出自喬哀思（James Joyce, 1882-1941）的名著《尤利西斯》（*Ulysses*）；前一世紀最偉大的兩位意識流作家—喬哀思與吳爾芙（Virginia Woolf, 1882-1941），他們了知人類存在深處的消息，巧合的是：兩人同年生、同年死，上帝收回了信息天使的雙翼。

在中土家喻戶曉的觀世音菩薩，以修耳根法門而得證悟，但觀世音菩薩何聽何聞呢？

沈家楨居士（1913-2007）在某次演講中，向大眾演示觀世音菩薩如何聽聞寂靜—

他敲鐘一響，問：「大家聽到了嗎？」

眾人答：「聽到了！」

片刻之後，他請聽者繼續追索那逐漸減弱終至消逝的鐘聲，然後他問：「現在大家聽到了什麼？」

「鳥聲。」或答。

「隔壁搬動物品的聲音。」或答。

「聽不到什麼。」或答。

「但這些都不是我希望大家聽的，您可聽到了靜？再說一次，您可聽到了靜？」

以下是這位現代給孤獨園長者的演述—

所有的聲音都有它的出發點，因此有方向與距離的限制，不是無限；都有生滅，不是無量。唯有靜，沒有出發點，沒有邊際，所以是無限。（見《沈家楨居士演講集》，慧炬出版社）

寂靜是一首無弦之歌—

是紀伯倫所聽聞的那首來自久遠、披露永恆祕密的歌。

是老子的希聲大音。

是默雷禪師的隻手之聲。

耳朵向外求索，聽見的是喧囂與吶喊，而靈魂則得以傾聽寂靜。

唱和集

陽台小花園

　　流浪在天空的一朵白雲，累了，停住腳步，在花園僻靜的一角悄悄植下了根；它在那裡默默地發著芽，匍伏著細小的走莖，蔓生著片片葉子，兀自開著小小的花，由於它仍然保有對天空的憶念，所以開出的花全是和天空一樣的藍。

　　小藍花長得非常細小，猶小於一隻麻雀骨碌碌的眼睛。

　　它這麼細小，隱身在僻靜的一角，蜜蜂看得見它嗎？蝴蝶看得見它嗎？它不會孤單寂寞嗎？

　　不，小藍花是幽靜的小花，它欣喜於自身的存在。

　　今天去精舍拜了藥師懺，藥師琉璃光如來，居東，藍色，日光菩薩與月光菩薩在其兩側。

　　這裡的天空澄藍無雲，與花園一角的小藍花相映，那時我心想：這是琉璃藍嗎？

　　東方琉璃光世界有個藥草園，能夠治癒眾生的疾苦，我如此作想──我們被琉璃藍光所穿透著。

　　走到陽台的小花園，與小藍花相視而笑，剎時心就成為一片澄藍無雲的晴空。

　　開了兩朵麗春花，是你的老朋友呢！

　　麗春花？我記得，它們成群飛舞在鄉村的田野，它們是靈魂的翅膀，它們也是小山羊奧狄思的好朋友……。

除了輕靈飛舞的麗春花，陽台花園還有明朗而安靜的小黃花；神祕的小紫花在消失三個月之後，又悄悄冒出了頭，還有素淨的小白花。

我很好奇，小花們來自何處？

是一隻送籽鳥送給我的禮物，牠說：這些種籽，或許會帶來一些小小的神奇。

我想要探訪你的小花園。

昨天，你看見了一隻帶翅的草蜢嗎？牠停駐在一朵麗春花上，那草蜢是我。

今天下午，將吹起一陣陣輕風，小花小草都會在風中起舞，那風兒是我。

明天，我將化身為一隻蜜蜂，啜飲花心的甘露，在左右兩只花籃裝滿花粉，為小花們傳遞心思。

現在喲，你最好探頭看看，外面正下著綿綿密密的細雨，那朵流連在花園上空的雲，無疑就是我。

想起了園丁鳥，你允許園丁鳥在小花園築一座散逸著花香與果香、宛若一場夢境的涼亭嗎？

歡迎之至，你曾送給我一本圖畫書《一隻園丁鳥在唧啾》，你在扉頁上如此寫道—歡迎入園。

其實我們一直都在園丁鳥的庭園裡。

定風波

近日何以遣懷？

讀詩與詞，今日讀了數遍蘇軾東坡先生的〈定風波〉——

莫聽穿林打葉聲，何妨吟嘯且徐行？竹杖芒鞋輕勝馬，誰怕？一簑煙雨任平生。

料峭春風吹酒醒，微冷，山頭斜照卻相迎，回首向來蕭瑟處，歸去，也無風雨也無晴。

原本我不喜歡讀詞，詞的內容多流於風花雪月，如南風之薰人欲睡，即連歐陽修、王安石等望重士林的政治領袖也不免如此，歐陽修〈玉樓春〉如此云云——

尊前擬把歸期說，未語春容先慘咽；

人生自是有情癡，此恨不關風與月。（下略）

讀多了，還真膩味呢！因此我極喜愛東坡先生，他擴展並提升了詞的境界，賦予詞勃發昂然的新生命，請聽〈念奴嬌‧赤壁懷古〉如此起勢——

大江東去，浪淘盡，千古風流人物；

故壘西邊，人道是：三國周郎赤壁。（下略）

這位風流人物，穿梭於時與空，令人擊節稱賞！今晚我也來讀誦幾遍〈定風波〉吧。

昨夜誦了幾遍〈定風波〉然後入睡，今日晨醒，從腦中迸出其中的一句，你猜猜看，是哪一句呢？

你猜—我猜中了沒？

我猜你沒猜中吧？答案是—「山頭斜照卻相迎」。

以我的聰慧與對你的了解，怎會沒猜中呢？（一笑）

其實，我猜了兩次，第一猜是「也無風雨也無晴」，因為你問：「抄錄此詞時要聽什麼音樂？」我答說：「聽風聲，聽雨聲，聽回聲。」

為什麼又改變了心意？

因為我想：在你夢中或許無風也無雨吧？因此，我的第二猜是「山頭斜照卻相迎」。

何以有此靈感？

因為前日聽你說夕陽美極了！

好靈感！若睡前讓我猜：醒來後從腦中會飛出哪一句？恐怕連自己都猜不到呢；以前散步時喜歡誦「何妨吟嘯且徐行」、「也無風雨也無晴」等句，從未經意於「山頭斜照卻相迎」，但昨晚突覺得此句有喜意，尤其是「卻相迎」三字，其意趣猶如「我見青山多嫵媚、料青山見我應如是」（南宋辛棄疾詞），令人莞爾。

願人與人之相遇相知亦如詞意。

我急購了一套《蘇軾年譜》，作了一個小小的考證。

真的？如此大費周章，考證什麼？

蘇軾寫〈定風波〉，如此意氣風發地說—「誰怕？一簑煙雨任平生。」我對此有一疑情：烏台詩獄一案逃過死劫，被貶謫到黃州，此時的東坡先生應該滿布恐懼驚畏之情才是，怎能

說不怕呢？

你考證的結果如何？

東坡先生於元豐五年三月七日作〈定風波〉，三天之前即三月四日寒食節那天，他作了兩首寒食詩，有親書墨跡傳世，其第二首如此作結「也擬哭塗窮、死灰吹不起」，你覺得他心境如何？

落魄潦倒，悲淒絕望。

同年七月十六日，他又作了那篇傳誦千古的至文〈前赤壁賦〉，隔年親書一通送予好友，其書跡幸存於世，書後有跋：「軾去歲作此賦，未嘗輕出以示人，見者蓋一二人而已，欽之有使至，求近文，遂親書以寄，多難畏事，欽之愛我，必深藏之不出也……。」

你覺得他心境如何？

不是說「多難畏事」嗎？

是啊，說不怕，是酒後一時興起，其實還是怕的。

這是東坡先生的真淳處，若說平淡中見真淳為難得，那麼在憂患中見真淳更是可貴。

順便告訴你一件事──

是什麼？

他那次痛快地淋了雨，回家之後生病了。

火山

　　法國作家聖修伯里（Antoine de Saint-Exupèry, 1900-1944），在《小王子》書中所描述的 B-612 小行星，是以作家自己與妻子的婚姻世界作為底景。

　　「很小，我的行星很小，差不多和地球上一座房屋一樣大。」小王子帶著悲哀說。

　　雖然是一顆小不點兒的行星，可是煩惱真不少！

　　首先，他得持續不斷地拔除猴麵包樹的幼苗，萬一讓其中一兩棵長成了大樹，樹根盤纏、穿透，小行星將會為之崩裂！

　　還有一隻吃草、吃灌木也吃花的綿羊，小王子雖然全心愛著綿羊，但他絕不能讓綿羊吃掉那朵唯一的玫瑰花。

　　他細心呵護著那朵玫瑰花，為她澆水，除去毛蟲，圍上屏風，蓋上玻璃罩子……但這朵花兒似乎並不領情，她頗有些驕氣與任性，說話輕聲細語，卻往往自相矛盾，不過最重要的是：在花兒言語與行為的背後，隱藏的是一顆真心。

　　小王子不明白，他看不出花兒的真心，他不知道如何與花兒相處？他們倆鬧了彆扭，傷心的小王子選擇離開，在離開之前他拔除了所有猴麵包樹的幼苗，還有三座火山呢！他仔細疏通了兩座活火山與一座休火山，萬一活火山噴發了，或休火山突然醒來了，小行星不就被毀了嗎？

　　「若是沒有了小行星，沒有了玫瑰花，全宇宙的星光都會在一瞬間熄滅。」小王子這麼想。

他漫遊星際，最後來到地球，遇見一隻小狐狸，小狐狸教導他「馴服」的真諦與儀式，並且告訴他一個重要的祕密：眼睛看不見本質，要用心靈去看。

「這是一個關於焦慮與孤獨的故事。」看完這本書，我心裡想。

「不，這是一個關於愛與聯結的故事。」另一個聲音說。

美國詩人狄董遜（Emily Dickinson, 1830-1886），也有一座活火山深藏在她的心裡，她用青草小心覆蓋著它。

On my volcano grows the grass, ——
在我的火山上滋長著青草——
A meditative spot,
一個沈思的所在，
An acre for a bird to choose
招來鳥兒的一畝地
Would be the general thought.
這只是平泛的想法。

How red the fire reeks below,
從它底下噴著熾紅的火焰，
How insecure the sod-
這草地極不安全——

Did I disclose, would populate

若我宣洩了，恐怕只存

With awe my solitude.

令我畏懼的孤獨了。

「這是一首關於熱情與孤獨的詩。」讀完詩，我心裡想。

「也是一首關於靜默與節制的詩。」另一個聲音說。

「B-612 小行星的火山是焦慮，你得時時去疏通它，焦慮一旦爆發，會造成可怕的毀滅。」我心裡想。

「狄菫遜的火山是熱情，她得藏著壓著，不讓熱情宣洩，不然鳥兒飛走了，此處將是可懼的孤獨。」另一個聲音說。

暴風雨

「昨天深夜醒來，聽了你傳來的貝多芬第 17 號鋼琴奏鳴曲第三樂章，顧爾德（Glenn H. Gould, 1932-1982）的演奏。」

「真抱歉，打擾了你的睡眠。」

「不算是打擾，聽完之後我又睡著了，睡在來回盪漾的金波裡。」

那年，三十二歲的貝多芬耳疾愈趨惡化，心靈孤獨寂苦，他甚至寫下了遺書，準備迎向死神，就在即將滅頂之際，他突然轉向了，他要全新的生命，全新的音樂，他要為人類釀造精神的醇酒；他捨去老調，譜寫了一首 D 小調鋼琴奏鳴曲（Sonata No. 17 in D minor, Op. 31, No. 2）。

朋友問他新曲的內容？

「你去讀讀莎士比亞的《暴風雨》（*The Tempest*）就知道了。」貝多芬隨口應了一句。（他的祕書辛德勒 A. F. Schindler 如是回憶）

這首鋼琴奏鳴曲於是被世人命名為《暴風雨》。

「為了瞭解此曲的內容，我讀了莎士比亞的《暴風雨》。」

「那是莎士比亞最後的劇作，被形容為如詩的遺囑。」

「貝多芬這首鋼琴奏鳴曲的樂思確是來自莎翁的戲劇嗎？」

「誰知道呢？也許那時他正讀著莎翁的《暴風雨》，隨口

應了這麼一句。」

　　「為貝多芬寫傳的羅曼·羅蘭說：貝多芬的一生就像一日之暴風雨，晚年時風雨消逝、晴空萬里，所以才寫出如天堂般寧靜祥和的第九號交響曲第 3 樂章。」

　　在午後的公園裡，撞見一棵樹，它在那裡許多年了，我卻從不知道樹裡藏著一張人的臉。

　　像被擠壓扭曲的臉，又像引人發笑的鬼臉。

　　「令我想起莎士比亞的劇作《暴風雨》。」

　　「為何興此聯想？」

　　「你去讀讀莎士比亞的《暴風雨》就知道了。」

　　「可否給我一個暗示？」

　　「魔法與精靈。」

狗木樹的春天

　　北美洲東岸的春天，約復活節的前後，狗木（俗稱 Dogwood，學名 Cornus florida）的大花開得燦美，一樹粉紅迷濛著人們的雙眼。

　　在十七世紀前後，英國人剝取它的樹皮，熬煮成湯汁為狗治療疥癬病，因此稱作「狗木」；其樹質地堅韌，北美洲的印第安人以之作成匕首（故又名 Daggerwood）、箭簇、紡織的飛梭，是一種既具觀賞價值且兼實用的樹種。

　　不知從何時起？是誰首開其端？和百香果花一樣，狗木樹與耶穌的受難聯結成一個故事—
　　當耶穌在世時，狗木樹長得既高大且強壯，人們拿它作成釘死犯人的十字架；耶穌無辜卻被釘在十字架上，此絕非狗木所願，它為此而哀傷沮喪，耶穌憐憫它，臨死前對它說：「以後你不會再長大了，人們再也不會把你做成十字架了。」
　　從此，狗木樹成為一棵灌木或小喬木，春天時開花，四片花瓣（事實上是花苞）形如十字架，花色粉紅，是耶穌手與腳傷口的鮮血染成的，最奇特的是：四片花瓣的尖端色呈暗棕，如同鐵釘的銹蝕。

　　在北美洲印第安人的部落中，流傳著另一個淒美的故事—

有一位印第安公主，她拒絕了部落中某位勇士的追求，這位愛慕者竟然惱羞成怒，拿刀刺死了公主，公主臨死前用狗木樹的花拭去身上的血跡，染紅了雪白的花瓣，所以粉紅色的狗木花也被稱作「印第安公主」（Indian Princess）。

在東方的中國，狗木樹擁有一個優雅的名號「山茱萸」（Cornus chinensis），它與北美洲的狗木樹同屬卻不同種；不同於北美洲狗木樹的宗教意象或是一則淒美的傳說，中國的山茱萸具有民俗文化的內涵，它散逸著辛辣之氣，可作為殺菌、祛寒、驅蟲、辟邪等藥物之用。

根據文獻資料，最晚從唐朝開始，年逢九月九日重陽日，人們往往邀集親友，頭插茱萸，或臂繫茱萸囊袋，啜飲茱萸或菊花酒，相扶以登高踏秋，是為傳統的風習。

唐朝詩人王維（字摩詰，號摩詰居士，692-761 或 699-759）十七歲時身在異鄉，逢重陽日作七言絕句詩〈九月九日憶山東兄弟〉，以抒其落寞的心境：

> 獨在異鄉為異客，每逢佳節倍思親；
> 遙知兄弟登高處，遍插茱萸少一人。

林白夫人（Anne Morrow Lindbergh, 1906-2001），詩人、散文作家，不錯，就是那位偉大飛行員林白（Charles Augustus, 1902-1974）的妻子，她自己也擁有美國第一位女性飛行員的證照，這位多才多藝的女士，作詩、屬文以歌詠愛、婚姻、和平與孤獨，現在竟不意在狗木樹的春天遇見了她，她說—

After all, I don't see why I am always asking for private, individual, selfish miracles when every year these are miracles like white dogwood.

每年白色的狗木花展現著種種奇蹟時，我終究不明白：為什麼我總是期待著私密的、屬於自己的奇蹟？（狗木樹的花色有雪白、也有粉紅）

西方之狗木，東方之茱萸，同一類植物，在詩人筆下卻是兩樣情懷。

饗宴

杏子的滋味

　　果盤裡有兩個桃子和四個杏子，願能與你分享。

　　我雖身不能至，而心嚮往之；但若可能的話，我想啄食盤中的一個杏子，品嚐那酸酸甜甜的滋味，然後我們舉翼，相偕飛往兩千多年前一片杏樹林中，那時節天朗氣清，蕙風和暢，空氣中飄逸著清淡的花香。

　　孔夫子端坐於林中高台上，正鼓琴而歌呢！

　　鳳兮，鳳兮，何德之衰！

　　或是──久矣吾不復夢見周公！

　　或是──志於道，據於德，依於人，游於藝。

　　斯時也，弟子們列坐台下，捧讀著簡冊。

　　我們停棲在一株杏樹的高枝上，蕭然長鳴，以與錚錚琴聲互為應和。

　　突然間，風颯颯起兮，杏花如雨下……。

　　杏樹成林，杏雨紛紛，多麼美好的早春景象，南宋詩僧志南，生平不詳，卻留下了一首千古傳誦的悟道詩：

　　　古木陰中繫短蓬，杖藜扶我過橋東；

　　　沾衣欲濕杏花雨，吹面不寒楊柳風。

　　詩中有真意，知之者自知之，不知者就把它當作是一幅美得迷濛的春景吧！

　　志南之前，詠杏的名詩甚多，唐朝杜牧（803-852）有一首

家喻戶曉、人人朗朗上口的詩：

　　清明時節雨紛紛，路上行人欲斷魂；

　　借問酒家何處有？路人遙指杏花村。

　　借問杏花村何在？

　　呵，杏花村無處不在！中國自古即廣植杏樹，或與東漢末、三國時代的名醫董奉（220-280）有關吧？董奉專精內科，醫術高明，他為人治病從來分文不取，只要求重病癒者植杏樹五棵，輕症癒者植杏樹一棵，所以凡董奉行醫所經之處，無不杏樹成林。

　　所以仁心仁術的醫生是為「杏林春暖」，而傳道、授業、解惑的良師譽為「杏壇芬芳」。

　　不過，杏亦有貶義，自從唐代詩人吳融（850-903）寫出了「一枝紅艷出牆頭」這一句詩之後，有心者遂以「紅杏出牆」喻為不守禮教的惡婦，以致從此杏花就沾此惡名了。

　　哼，我倒不作此想，我認為出牆的紅杏是新世界的探索者。

　　你說得對，我欣賞出牆的紅杏，我也喜歡它結的果實，那酸酸甜甜的滋味，請再給我一個杏子吧。

薩提式的午餐

　　勞動節，全國的超市一律放假，我的冰箱幾乎是空的，但最終還是找到了一塊魚排，還有鄰居贈送的白蘆筍，以此為自己烹煮了一盤「蒼白」的午餐，再斟上一杯白葡萄酒；由此想到法國的作曲家薩提（Eric Satie, 1866-1925），據說他只吃「白色的」食物，諸如：蛋（蛋黃呢？）、糖、鹽、椰子、米、水煮雞肉、白乳酪、棉花糖沙拉以及某些白肉的魚……。

　　在中國，當秋氣漸至時宜吃「白色」的食物，銀耳蓮子湯作點心，水梨、文旦、白柚是當令的水果，替代那杯白酒的是一壺溫熱的雙冬飲（天冬與麥門冬兩種中藥煮成）；凡空間、時間、人體等物質與能量，別分為五行（金木水火土），彼此相生相剋，白色屬金，於方位在西，於季節在秋，於人體為肺與呼吸，由於金之患在堅燥，故於秋季以白色飲食滋潤體膚與肺氣。

　　但現在是春天呢！不正是綠草如茵、百花競放的季節嗎？這盤中的食物豈不顯得寒素且蒼白？想起薩提的鋼琴組曲《吉諾佩第》（*Trois Gymnopedis*），特立獨行的薩提喜愛譜寫一些極簡的音樂，他以這三首鋼琴組曲呈顯一種柔和、優美、澄澈、簡約以及輕淡蒼白的氛圍。

　　「所以用餐時，你聽著薩提的 *Trois Gymnopedies*？」

　　「不，那時收音機播放的是維瓦第（Antonio Lucio Vivaldi, 1678-1741）色彩紛呈的四季。」

巴哈咖啡

「喝下咖啡，生命就有了光與熱。」
「所以我一天要喝三杯咖啡。」
「三杯！令我想起了巴哈的咖啡。」

咖啡，這人間的玉液瓊漿，源起於衣索匹亞（Ethiopia），風靡於伊斯蘭世界，被商人帶到歐洲之後，上自王公貴族，下至平民百姓，莫不拜倒在咖啡的魅力之下；全民瘋咖啡的結果，導致咖啡大量進口、錢財大量流失，普魯士的腓特烈二世（Friedrich II, 1712-1786）憂心忡忡，禁止咖啡自由進口，但禁者自禁，咖啡仍舊在大街小巷處處飄香，腓特烈二世最後只能對咖啡俯首稱臣了。

巴洛克時代的音樂家巴哈（Johann Sebastian Bach, 1685-1750）生逢其時，為之譜寫了一部《咖啡》清唱劇（*Coffee Cantata*, BWV 211），劇情大致如下：

一位惱怒的父親使出各種威脅加利誘的手段，要求他咖啡成癮的女兒戒除咖啡，但女兒堅不應允，父女之間一來一回的應答妙趣橫生，配上的音樂也是歡樂舒暢，全劇洋溢著濃鬱的咖啡香醇。

父親：不戒掉咖啡，就不准你外出參加派對！
女兒：沒關係。

父親：不戒掉咖啡，就不給你買新衣！

女兒：沒關係。

父親：不戒掉咖啡，就不讓你靠著窗口觀看路上的行人！

女兒：沒關係。

其中有一段女兒所唱的詠歎調，更是令咖啡杯沿添香——

一千個熱吻，一瓶美酒，都比不上咖啡的香醇。

這位無奈的父親，最後使出了殺手鐧——

父親：不戒掉咖啡，就不讓你嫁人！

女兒：啊！唉，永別了，咖啡。

咖啡與丈夫，兩相權量，女兒只好屈從了，但仍在心裡暗自盤算著：得訂下一個婚前契約，爭取隨時可喝咖啡的權利。

全劇在皆大歡喜的大合唱中結束——

貓捉老鼠，天經地義！

媽媽愛喝咖啡，

祖母愛喝咖啡，

為何獨責女兒喝咖啡？

嚴肅莊重的巴哈，譜寫了大量的宗教音樂，但他也有幽默詼諧的一面，這部《咖啡》清唱劇，不就是滿盈著世俗的歡樂嗎？

咖啡終於征服了歐洲，歐洲遍處是咖啡館，人們在此眉飛色舞、高談闊論，藝術、文學與各種新的思想在咖啡館裡醞釀、

成熟，彼此交流，開出歐洲近代文明這一樹奇葩，然後它又乘其餘香，繼續征服了美洲、亞洲，使世界成為一個「咖啡共和國」。

亞歷山大大帝做不到的，咖啡做到了！

「所以，為什麼要戒咖啡？」
「美好的一天，就從一杯濃郁香醇的咖啡開始吧！」

諾瑪意大利麵

「講到意大利，你認為意大利對世界最大的貢獻是什麼？」

「歌劇與美食。」

「我想聽歌劇，也想啖美食。」

「你想二者兼得？給你送上一盤諾瑪意大利麵吧！」

意大利音樂家貝里尼（Vincenzo Bellini, 1801-1835）雖然在世僅 35 年，卻譜寫出一部曠世的傑作歌劇《諾瑪》（*Norma*），此劇改編自希臘神話，是一齣關於愛情與背叛的浪漫悲劇，女主角大祭司諾瑪，最終與變了心的羅馬軍官共赴火場，作了犧牲；在十九世紀時，《諾瑪》被公認為音樂史上最偉大的歌劇，貝里尼自己也視之為絕世珍寶，他說：萬物皆可失去，唯有《諾瑪》必須長存！

貝里尼去世之後，進入二十世紀，《諾瑪》仍是家喻戶曉的偉大歌劇；有一位詩人（後來也作了電影導演）名為馬托哥尼奧（Nino Martoglio, 1870-1921），他與貝里尼同是出生於西西里的卡塔尼亞（Catania），某晚在西西里的一家餐館，他品嚐著當地的經典意大利麵—以橢圓形的茄子、蕃茄醬汁（蕃茄、蒜、羅勒葉燉煮而成）與羊奶乾酪三味為主角，吃罷他大為讚嘆地說："E una Norma！"（這是諾瑪！）

真不愧是詩人哪！歌劇《諾瑪》是扣人心弦的音樂傑作，

西西里的經典意大利麵是味覺的感官之美，詩人把音樂與美食作了巧妙的結合，從此源於西西里的諾瑪意大利麵就聞名於世界了。

　　我有一番想像—
　　某夜，月明星稀，餐桌上擺著一盤冒著輕煙的諾瑪意大利麵，貝里尼的歌劇《諾瑪》迴繞室內。
　　「聽哪一段呢？」
　　「第一幕中的那首詠歎調，女祭師在夜裡唱的 *Casta Diva*（聖潔的女神），她向月亮女神祈求和平與愛情。」
　　「聽誰的演唱？」
　　「當然是卡拉絲（Maria Callas, 1923-1977）啊！她是永遠的諾瑪女神。」

　　　聖潔的女神，以銀輝
　　　籠罩靜寂的樹林
　　　您以和顏注視著大地
　　　無雲也無翳
　　　……

我們斟上紅酒，舉杯—
萬物皆可失去，唯有《諾瑪》必須長存！

三個橘子之戀

「我現在暫居橘子鎮，有吃不完的橘子。」

「我也喜歡吃橘子，今天剝開了兩個，第一個很酸，第二個極甜。」

「你沒有剝開第三個吧？說不定會走出一位公主。」

「三個橘子之戀！」

《三個橘子之戀》（*L'amour des trios oranges*），原是意大利劇作家葛齊（Carlo Gozzi, 1720-1806）寫的諷刺喜劇，1919年被俄國音樂家普羅高菲夫（Sergi Prokofiev, 1891-1953）改編，成為他最負盛名的一部歌劇；五年之後，他又著手編選其中六個片斷為一套組曲（Op.33bis），依序是：〈怪誕〉、〈魔法師〉、〈進行曲〉、〈諧謔曲〉、〈王子和公主〉、〈逃亡〉，這套組曲是現今音樂會上頗受歡迎的曲目，尤其是〈進行曲〉，經由海飛茲（Jascha Heifetz, 1901-1987）改編為小提琴版本並親為演奏之後，更是風靡樂界。

故事情節簡述如下：

一位憂鬱王子被巫婆施以魔法，他得去異邦盜取三個橘子，並且將會愛上這三個橘子。

王子出發了，帶著一個小丑隨行，他們突破了重重障礙，終於偷得了三個橘子。

在返鄉的路上，他們因為缺水而口渴難耐，小丑趁王子睡覺時，剝開其中一個橘子想要解渴，卻從橘子裡走出一位公主，她向小丑討水喝，小丑沒有，公主就渴死了。

驚魂未定的小丑剝開第二個橘子，同樣的驚奇與悲劇又發生了一次，小丑嚇壞了，逃之夭夭。

王子一覺醒來，發現小丑不見了，地上躺著兩位死去的公主。（可能還散落著一地的橘子皮）

迷惑的王子剝開僅餘的第三個橘子，又是一位口渴的公主走出來，王子立刻愛上了她，但王子也沒有水給公主解渴，他焦急萬分，怎麼辦？怎麼辦？怎麼辦？

愛的力量總是能讓奇蹟出現—

王子拔出寶劍，插入地面，大地立刻噴出了清涼解渴的泉水！

怎麼樣？如果你不喜歡，在舞台上還可以創造另一個奇蹟—

天空電光閃閃、雷聲隆隆，隨之降下了傾盆大雨！

還不夠好？沒關係，舞台上總是奇蹟不斷—

一隻來自剛果的河馬恰好經過這裡，牠慷慨地布施了一整桶的河水給王子和公主。

據說在歌劇院，經常見到的場景是這樣的—

觀眾急召消防隊，消防隊火速開來一台水車。

以上任一選項，都足以消解王子與公主的燃眉之渴，他們兩人回到家鄉，舉行了盛大的婚禮，過著幸福快樂的日子。

至於巫婆，她可狼狽得很，因為她的魔法全被破解了。

「我很喜歡這個無厘頭的故事，所以買了一簍橘子。」

「然後呢？」

「每當我伸手到竹簍，所有的橘子都在喊著：不！不！不！」

「為什麼？」

「因為大家都想作最後倖存的那位公主。」

智慧之泉

我日日暢飲著青春之泉。

亞歷山大大帝（Alexander the Great, 356-323B.C.）越過黑暗之地，尋獲青春之泉，他喝了嗎？他的生命戛然終止於三十三歲，這是另一種意義的永恆的青春？

傳說中的青春之泉渺不可追，我日日暢飲的青春之泉卻簡而易行，它的配方明確地揭示在《無弦之歌》的第 57 頁裡。

但生命真的可能逆行嗎？

青春，是魔鬼的誘餌—這是浮士德博士的箴言。

請看看霍桑（Nathaniel Hawthorne, 1804-1864）筆下希德嘉醫生的三個朋友吧，他們在重獲青春之後幹了些什麼好事？當我們處在少不更事的青春時期，又作了多少令自己愧恨不已的蠢事？

青春，需要與「智慧」這位良伴同行。

如果我想喝一杯智慧之泉，請問你的配方如何？

就原有的配方再加上蘋果，它是西方的智慧之果。

蘋果？不就是伊甸園裡分別善惡之樹所結的禁果嗎？

不然，《聖經‧創世紀》提及分別善惡之樹，但從未明言是哪一種樹？直到文藝復興時期的畫家把它畫為蘋果樹，從此蘋果就沾此惡名了。

彼時的畫家為什麼對蘋果樹情有獨鍾呢？

度過了漫長的中世紀，文藝復興時期重新燃起了對古典文化的熱情，那時候的歐洲人對希臘羅馬神話頗為熟悉，在神話裡有一座位於日落處的園子，由赫斯珀里得斯（Hesperides）三姐妹看守，園中種著各種奇花異卉，其中有一棵極為珍貴的金蘋果樹。

令人聯想起聖經裡的伊甸園。

正是！而且在希臘羅馬神話裡，蘋果常是引起爭端的禍源，「獻給最美的女人」那個蘋果，不就毀掉了特洛伊城嗎？

但蘋果是無辜的，人間的悲劇是人性的悲劇。

確實如此，我曾聽聞某位智者談及《聖經》這段經文，他說伊甸園的禁樹是一個極佳的隱喻，其中暗藏著一把開啟智慧的鑰匙：人類的墮落與隨之而來、層出不窮、攏攏總總的災禍，肇因於吃下了「分別善惡」這個禁果，從此人間再無寧日了！

這是遠古時代西亞（近東）的智慧，直指智慧的源頭。

相似於智慧之果的神話，北歐亦有一則關於智慧之泉的神話，相傳這泉水位於世界第二棵樹的樹根下，由密米爾（Mimir）看守，故稱之為「密米爾之泉」（Well of Mimir）；奧丁（Odin）大神素來求知若渴，祂不惜以一隻右眼為代價，飲用了一口智慧之泉，雖然擁有了智慧，卻因智慧的重負而從此失去了笑容。

兩則神話具有異曲同功之妙，令人反思智慧的真義：是分別善惡（或是非、美醜、愛恨、智愚、彼此……等二端）的智慧？還是一般俗人所追求的世智辯聰？想想看：人世間層出不窮的災禍，以及奧丁大神所失去的笑容。

宋朝的理學家陸九淵（世稱象山先生，1139-1193）說：「東方有聖人出焉，西方有聖人出焉，此心同，此理同。」關於分別善惡的智慧，東方的聖者又怎麼說呢？

　　約在兩千六百年前，老子寫了一部真淳、玄妙又世故的《道德經》，第二十章有一言：「善之與惡，相去何若？」說得明白點兒，意思就是：善與惡，究竟有什麼差別呢？

　　道家無差無別的智慧，與中國佛教禪宗相合，六祖惠能大師（638-713）對前來追殺自己的慧明如此開示：「不思善，不思惡，正與麼時，那個是明上座本來面目？」

　　本來面目？

　　就是還沒有吃下伊甸園的禁果，還沒有分別善惡、是非、美醜、愛恨、智愚、彼此……的心，像個孩子般的純真自然；耶穌也是這麼說的：只有回復到孩子般的狀態，才能進天國。

　　但我想飛到蘇菲聖者魯米（Rumi, 1207-1273）的花園，那也是一個超越善惡與是非的界域。

　　我也想去魯米的花園，等我找回了智慧的翅膀，我們就會在那裡相遇。

　　不過，我還是不明白：蘋果與智慧有什麼關係？

　　你不覺得蘋果極為可愛嗎？紅通通的臉頰，有時面泛青澀，散逸著輕淡的香甜—

　　詩人席勒嗅著它寫出了多少詩行！

　　畫家塞尚的靜物畫總少不了它；

　　還有那只因為地心重力而砸中牛頓的蘋果—

　　其實他沒有被蘋果砸中，甚至他也不在樹下，

當時他站在窗前，看著樹上的蘋果撲通落地！

最可稱道的是：舊時的歐洲廣植蘋果樹，以供貧窮的大學生摘食，蘋果曾讓多少渴求智慧與知識的心靈免受饑餓之苦！

你說的我完全贊同，好的，加入蘋果。

除了蘋果，再加上香蕉吧，它是東方的智慧之果。

真的嗎？願聞其詳。

香蕉屬於芭蕉科芭蕉屬，產在熱帶及亞熱帶，滋味甜美，營養豐富，為印度的學者與修行者所喜食，據說釋迦牟尼住世時也愛吃香蕉，他之所以開悟成佛，或是一邊吃著香蕉、一邊對著蕉葉參悟空性吧？

此話怎說？

芭蕉科植物中空無莖，印度古代佛典《雜阿含經》有句云「諸行如芭蕉」，凡人世間一切的造作，俱如夢幻泡影，如露亦如電─

亦如芭蕉，中空無實。

你真聰慧！

但是傳統上華人所追求的生命價值，不就是立德、立功與立言三不朽嗎？

哈！哈！哈！

你為什麼大笑三聲？

依佛理，凡事都是因緣聚合，終將散滅成空，你看！亞特蘭大文明，如今安在哉？

再舉一個歷史的實例：三千年前以智慧著稱的所羅門王，在他治下以色列達到空前的富庶與強盛，他還博學多才，留下箴言三千句，詩歌一千零五首，收錄為《聖經》〈箴言〉、〈傳道書〉、〈雅歌〉三章，此人一生立德、立功並立言，但在暮年時尚且如此感嘆著：*虛空，虛空，虛空的虛空，凡事都是虛空。*

我們的生命如同蕉葉，我們的人生是蕉葉人生。

靈魂的洞，如虛空，無邊無際。

講點有趣的吧！唐朝的懷素和尚（737-799）喜歡在蕉葉上練字，他廣植芭蕉萬株，取堂號為「綠天庵」，但也有人寫字在蕉葉上傳達情意—

是誰啊？

是清朝的蔣坦（平伯，浙江錢塘人，生卒年不詳）和他的妻子秋芙，他們家窗前植有一株芭蕉，但凡雨落則叮咚交鳴—

蕭邦聞此，可再譜一首〈雨滴〉（*Raindrop*, 參見《無弦之歌》頁 241）。

若是刮風則蕭蕭作響，若是暴風雷雨至則—

柴可夫斯基聞此，可再譜一首鋼琴協奏曲〈降 B 小調第一號鋼琴協奏曲，op.23〉。

有一天，蔣坦耐不住了，提筆在蕉葉上寫道：「*是誰多事種芭蕉？早也瀟瀟，晚也瀟瀟。*」次日見有人在其後續題，細觀是妻子秋芙的筆蹟：「*是君心緒太無聊！種了芭蕉，又怨芭蕉。*」

如此情趣，令人欽羨。

但美好姻緣也不長久，秋芙不久病逝，蔣坦幾年後也於太平天國亂中餓死。

唉！悲欣交集的人生。

不悲不欣，這是東方式的智慧。

除了蘋果與香蕉，能否再加一味胡桃？

為什麼？

據說胡桃的外殼與內裡都像極了人類的大腦，食用胡桃可滋補大腦呢。

莎翁的戲劇《哈姆雷特》（*Hamlet*），有一句名言：「即使被關在胡桃殼裡，我也會把自己當作是擁有無限空間的君王。」但就是這個大腦，如堅固的胡桃殼，把我們困住了。

如何出脫呢？

嶗山道士的穿牆術。

那種功夫恐怕不容易練吧？

那麼就採用我們簡而易行的配方，以青春之泉作為基底，再加上蘋果和香蕉，至於胡桃嘛則是可有可無──

以智慧之泉，乾杯！乾杯！

賦格花園

Cover of the sheet music for "In a Monastery Garden" (1915)

修道院的花園

我穿行於密林中的小徑，林中迴盪著雨果（Victor Hugo, 1802-1885）的聲音：「森林中的群樹啊！你們認識我的靈魂。」

我停住腳步，佇立於灑著陽光的林中空地，諦聽，風輕輕拂過，群樹開始了悄聲細語——

「沙、沙、沙——」

「噓——」

或若有若無。

鳥兒在高高的枝梢上鳴囀，我卻無法向牠們朗誦一段詩句，讓牠們了解我的心意。

但是音樂可以。

我掏出一只神奇的小盒子，播放著英國作曲家寇特比（Albert W. Ketèbey, 1875-1959）的〈修道院的花園〉（*In a Monastery Garden*），呵，音樂是精靈施展的魔法——

修道院悠揚的鐘聲，如一縷輕煙，遊走於群樹間，冉冉升上樹梢，飄浮在天空，鳥兒聞之歡欣，牠們紛紛鼓翅，飛去了修道院。

牠們在噴泉邊洗浴，在廊柱間穿梭，在樹梢上嬉笑。

從大堂傳出僧侶們的唱誦——

我穿著僧衣，漫步在修道院的花園。

鶺鴒之賦格

　　輕靈婉約的鶺鴒，常出現在靜寂的溪畔，那顫動著的尾羽，激起心的漣漪，常不知不覺地尾隨著牠的身影而去。

　　輕靈婉約的鶺鴒，常穿梭在內田光子（Mitsuko Uchida, 1948-）的鋼琴鍵盤上，她迅疾地飛舞著，小溪唱著怡悅的曲調，我們乘著鶺鴒的翅翼，順溪流而下。

　　坐在咖啡書屋，翻閱著海涅（Heinich Heine,1797-1856）的回憶錄，海涅如此回憶著他的舅舅——
　　一位可愛的怪人：他身上穿的並非光彩奪目的騎士大氅，而是一件毫無光澤的、綴有鶺鴒尾巴的小外套。（《自白——海涅散文菁華》，張玉書譯，中央編譯出版社）
　　令人莞爾。

　　走出咖啡書屋，仰望旭日升起，排成人形的大雁緩緩滑過天空，偶有幾隻超前或落後，如此錯落有致的美，如同穿梭在溪畔、飛舞在鍵盤上的鶺鴒。

雲雀之賦格

　　在花團錦簇的園子裡有兩隻鳥，是人們用麥桿和細小的樹枝作成的，還塗上了鮮艷的顏色，一隻是紅色，另一隻是棕色；雖然牠們不是真正的鳥，卻擁有一顆鳥的真心，那是上帝偷偷放進去的。

　　「我想要唱歌，唱什麼歌呢？」紅鳥興緻勃勃地說。

　　「讓我想想，就唱那一首吧，我願翅膀生肩上。」棕鳥提議。

　　「傻瓜，我們不是已經有翅膀了？」紅鳥皺著眉頭說。

　　「你才是傻瓜呢！我們的翅膀是假的，根本不能飛。」棕鳥被紅鳥搞得哭笑不得。

　　「可是，我真的很想飛呢！」紅鳥試著撲撲翅膀，嘆了一口氣。

　　「我知道了，唱那首〈乘著歌聲的翅膀〉吧！」棕鳥突發奇想。

　　「好啊！太好了！」紅鳥高興地臉都發紫了。

唱歌？對牠倆來說不是一件難事，牠們常常聆聽鳥兒們的歌唱，歌聲有時掛在雲端上，有時掠過天空，或在樹梢唧唧啁啁整日不休，有時—這稍微有點兒過份了，鳥兒們就站在牠倆的頭上引吭高歌。

　　「那麼，開始了！」

　　棕鳥唱出第一個音符，許多音符連結成一串旋律，紅鳥立刻跟了上去。

　　一串旋律，緊追著另一串旋律，一前一後，踏著天梯，攀上雲霄—

　　啊！天色突變，閃電、雷鳴加入了協奏，兩條旋律如同燦爛的皇家煙火，在極高處下墜地面，散落一地—

　　在片刻的寂靜之後，散落的碎片重新收拾起自己，緩慢爬行著，然後昂首闊步—

　　狂風暴雨早已遠去，晴空重現麗日，兩條旋律各自攀升，穿過朵朵白雲，如鷹似的盤旋，有時相偕而行，有時各自遠颺—

　　一曲唱完，紅鳥和棕鳥喘著氣，麥桿和木枝散落一地。

　　上帝微笑了，祂摘下兩隻鳥身上的人工外衣。

　　「你們不需要艷麗的外表。」上帝說。

　　祂為兩隻鳥換上一件素樸的羽衣，以及一對真正的翅膀，牠們變成了雲雀。

捎信鴿

天空烏雲密布，狂風暴雨即將來襲—
你不是有翅膀嗎？趕快飛出去吧！
但是我苦無生意，靈魂無比地沈重—
飛不起來？請聽聽舒伯特作的歌曲〈捎信鴿〉（*Die Taubenpost*）吧！費雪迪斯考（Dietrich Fischer-Dieskau, 1925-2002）的演唱，吉拉德 · 摩爾（Gerald Moore, 1899-1987）的鋼琴伴奏：

> 我僱了一隻捎信鴿，
> 不但盡職而且忠誠，
> 她從不曾錯失目標，
> 而且不會飛得過遠。
>
> 我差遣了她上千次，
> 每天出去收集信息，
> 經過許多可愛之處，
> 去我那心愛的房子。
>
> 她從窗口窺探，
> 察看屋裡的動靜，
> 嬉笑著傳達我的問候，
> 也把她的問候帶回給我。

我不需寫上任何字句，
也不必獻上我的眼淚：
她一定不會錯傳信息，
熱忱地為我達成服務。

日日，夜夜，醒著，夢著，
對她來說都是一樣，
只要能夠展翼飛翔，
她就感到心滿意足！

她從不厭煩，她從不倦怠，
飛翔之路永遠如新；
不需誘餌，也不希求回報，
鴿子對我至為忠誠。

我對她由衷地珍惜，
是我最美好的擁有；
她名叫─渴望！你認得她嗎？
永不停歇的信差。

誰作的詩？這詩是治癒我生命的靈藥。

他名叫約翰‧加布里爾‧塞德爾（Johann Gabriel Seidl，
1804-1875），是十九世紀奧地利的考古學家、詩人、劇作家與

故事作家，舒伯特採用了他幾首詩譜曲，這是其中的一首，作於塞德爾的年輕時代，洋溢著青春歡樂的氣息，對生命充滿著美好的渴望，而舒伯特譜的曲也輕快而靈動，但此曲完成一個月之後舒伯特卻去世了。

啊！舒伯特沒有預感到自己的將亡嗎？或者他已了知生命之將盡，他想展翼飛出世間的狂風暴雨？

這得請問舒伯特自己了，無論如何他現在已經安息在天國，而這隻名叫渴望的捎信鴿，仍然穿梭在天空，熱忱地為人們傳達信息。

鴿子的禮物

這是一個關於鴿子與驚奇的故事。

在老市場廣場那邊，住了一群鴿子。

牠們是野生的鴿子，自由無羈的自然之子，大自然賜給牠們一件厚實的羽衣，不怕寒，也不怕雨，只要撲翅而下，廣場上到處是食物的剩屑，若是吃膩了人類的食物，簇生的草籽與掛在樹梢的鮮果，也都是美味的食物。

牠們豐衣足食，嬉遊度日。

唯一的煩惱是：如何打發剩餘的時間？

聽！聖保祿教堂的鐘聲正響著──

人們停住了疾行的腳步，仰頭傾聽，這鐘聲能夠驚破塵世的迷惘嗎？在鐘聲的催促下，更多的人則是加快了步履，急急趕赴人生中的下一場約會。

聽！聖保祿教堂的鐘聲餘響不息──

對於廣場上的鴿子們，教堂的鐘聲更像是一聲聲殷切的召喚，牠們紛紛鼓起強健的雙翼，升高，盤旋，再升高，停佇在教堂的尖頂或屋椽上，遠眺或漫步，收攬全市的風光。

有幾隻膽大的鴿子，高踞在教堂敲鐘人的肩膀、帽子與手臂上，咕嚕咕嚕咕嚕地談論不休，敲鐘人永遠是微笑地傾聽著，從不插嘴。

說牠們是膽大的鴿子，可一點兒也不為過，牠們得隨時留意著，當敲鐘人的手臂開始發出吱吱喀喀的怪聲時，立刻警告同伴們儘速飛離，不然，喧天震耳的鐘聲會嚇破鴿子們的膽，鴿子們四散奔逃時，散落的毛羽滿天飛舞。

那一次，連敲鐘人自己也嚇壞了，它覺得很對不起鴿子。

不！不會再有第二次了，鴿子們是聰明的，牠們隨時保持在警醒的狀態。

朝覲過聖保祿教堂之後，再去哪裡打轉呢？

教堂的側面，有一座小小的噴泉—

在噴泉的正中央，站著一尊年輕大學生的雕像，他左手捧書，右手高舉著一只杯子，從杯子裡流出源源不絕的泉水。

不分春夏秋冬，他一直擺著這個永恆的姿勢，作為一個明顯的隱喻：智慧的泉源來自於書。

人們稱這座噴泉為智慧之泉。

老市場的鴿子們每日必光臨於此，牠們啜飲著智慧之泉，撥弄著水，搞得滿頭滿身濕淋淋的，然後蹲臥在青草地上，懶洋洋地，攤開翅翼，舒散一身的毛羽，浸潤在金色的陽光裡。

大市場與市政廳那邊的鴿子也都喜歡這裡。

不僅僅是鴿子，其它的小鳥也常在池邊聚合。

好多的鳥！好多種類的鳥！

噢，差一點忘了，還有那些旅行中的候鳥們，偶而經過這座城市，從空中瞥了這噴泉一眼，不免心動，於是飛掠而下，在池邊歇個腳。

雖是小小的噴泉，但是夠大了。

那麼，天空呢？

隨著一聲呼嘯，噴泉邊正曬著太陽的鴿子們紛紛起身，牠們奮力拍打著羽翼，發出「撲翅、撲翅」的巨響，鴿群的鼓翼激起強烈的氣旋，在嗡嗡鳴響中，世界旋轉著。

鴿子擁有強健的胸肌與翅翼，牠們竄升、俯衝、盤旋，在天空的懷抱中悠悠滑行。

鴿子擁有極為敏銳的視察力，隨著飛行高度的節節攀升，下界的事物愈縮愈小，但全逃不過鴿子的眼睛。

牠們像神祇般，巡行在天空。

這個故事，關於鴿子與驚奇的故事，就由此展開—

有一隻棕色的鴿子，在天空突然「咕」了一聲，隨即收起左翼，一個姿態美妙的回轉身，讓牠離開了群體，獨自飛行了一會兒之後，俯衝，如一道疾馳的閃電，停駐在一棟公寓陽台的欄杆上。

當牠正收合著翅翼時，另一隻灰色的鴿子—那是牠忠貞的伴侶，也稍後降落在欄杆上。

「你怎麼啦？」灰鴿問。

「看哪！」棕鴿偏著頭、眨眨眼說。

「看什麼？是那個小小的陽台花園嗎？」

「我可不覺得它是花園，沒有帶刺的玫瑰，也沒有張著大嘴叭的花，更沒有濃烈的氣味招來蜜蜂與蝴蝶—」

「你說得對。」灰鴿猛點頭：「如果不是花園，那是什麼呢？」

「你看，亂蓬蓬的小草，有些小花藏在草叢裡，有些小花悄悄地伸出頭，我覺得嘛，我覺得一」

棕鴿閉起眼睛，沈入了牠生命中一段美好的回憶一

那一次，牠和幾隻強壯的同伴，展開一場長途的旅行，牠們向著南方飛，飛越過一座又一座的城鎮，俯瞰了金波瀲瀲的河流，最後最讓牠們驚奇的是——重重的高山，山頂戴著雪白的帽子，綠色的草原覆蓋著山麓，草原上綻開著形形色色的小花。

坐臥在草原上，曬著太陽，聽著小草小花的低語，多麼暢快啊！但鴿子是戀家的，牠們還是回到了老市場廣場。

「我覺得嘛，它是山上的草原，雖然小了很多。」棕鴿說。

說完一展翅，牠飛躍到小小的草原，轉了兩圈，蹲坐了下來。

「舒服，舒服，好柔軟的草墊，你也來吧！」棕鴿呼喚著灰鴿。

於是，兩隻鴿子並坐在小花園裡，先是打了個盹，醒來之後你呼我應地唱起快樂的二重唱：

「咕嚕咕嚕咕嚕……」

「咕咕咕嚕咕嚕……」

當兩隻鴿子終於盡了興，飛回老市場廣場，小花園卻是慘不忍睹，小草小花們莫不東倒西歪的，它們努力從地上爬起來，重新挺直了腰莖。

第二天，仍然綻開著鮮美的小花。

　　屋子裡站著兩個人，隔著落地窗，看著陽台上的小花園。
　　「怎麼辦？鴿子每天都來，把小草小花都壓扁了。」
　　「豎一個稻草人吧。」
　　「哼，鴿子會在稻草人頭上站站，然後在小草小花上坐
坐。」
　　「我從前住過山上的木屋，為了防止山獅的入侵，木屋主
人在四周圍上了天羅地網，你也可以在陽台上圍一張網子。」
　　「但是鴿子不是山獅啊！鴿子只是喜歡小花園，如果圍上
網子，豈不是明顯的惡意？」
　　「那怎麼辦呢？」
　　「讓我想想─」

　　第二天，一支綠色的玩具小風車出現在花園。
　　棕鴿與灰鴿於午後翩然降臨，牠們嚇了一跳，站在欄杆上，
咕嚕咕嚕，交頭接耳─
　　「那是什麼？」灰鴿偏著頭問棕鴿。
　　「我見過呢，是風車，是小小小小的風車。」棕鴿說。
　　「花園怎會有一個風車呢？」
　　「這是一個好問題，我得深入地思考一下。」棕鴿點著頭
說。
　　「我覺得嘛，那是一個危險的東西，警告我們不要過去。」
灰鴿很懊喪。

「我倒不這麼認為，你看，它轉動著手臂，是在招呼著我們，歡迎，歡迎，歡迎光臨—」

話還沒說完，棕鴿一展翅，躍進了小花園，牠輕輕啄了一口這綠色的怪物—

「嗯，不能吃，不過也不危險—」牠沈思著，突然之間恍然大悟：「這是一件禮物！是花園主人贈送的禮物！」

灰鴿也飛了過去，兩隻鴿子坐在小花園裡，又唱起了快樂的二重唱：

「咕嚕咕嚕咕嚕……」

「咕咕咕咕咕咕……」

連風車也加入了協奏，它呼嚕呼嚕呼嚕地旋轉著。

這是一個既熱鬧又歡愉的夏天—鴿子們來了又去，去了又來；小草小花們被壓彎了腰莖，又一再地挺起身來。

時間流動著，秋天來了—

兩隻鴿子失蹤了！

連著三天，棕鴿和灰鴿都沒有出現在小花園。

「奇怪，牠們去了哪裡？也許忙著準備過冬吧？」花園主人是這麼猜想的。

到了第五天，仍然不見鴿子的蹤影。

「也許曾經來訪過，而我錯過了牠們。」

她這麼想，隨即走到落地窗前，仔細觀察著陽台—

只要鴿子曾經來訪過，必會留下一些蛛絲馬跡，例如：足印、羽翮或是細小的絨毛，但是沒有，什麼都沒有，小草小花

們個個垂著頭，無精打彩的，連玩具小風車也歪倒在一邊。

「鴿子沒有來過。」她很肯定。

她想了一會兒，突然生起了一個念頭，一個不算太壞、也不算太好的念頭—「也許鴿子發現了另一個花園，牠們迷戀起另一個花園了。」

「但鴿子不是戀舊的嗎？」她有一點兒傷感了。

接著，下一個出現的念頭是—「也許兩隻鴿子旅行去了，一次長途的旅行。」

原本因為鴿子而生起的煩惱，現在反而轉變成思念與擔憂。

到了第七天，鴿子仍然蹤跡杳然，她整日念著念著，晚上懷著不安的心情入睡，在睡夢中，她看見了花園和鴿子，還聽見鴿子的二重唱—

「咕嚕咕嚕咕咕嚕……」

「咕咕咕咕咕咕咕……」

鴿聲沈厚，節奏分明，令她喜悅。

當一覺醒來時，鴿聲還在耳畔繚繞著—

「咕嚕咕嚕咕咕嚕……」

「咕咕咕咕咕咕咕……」

咦？那咕鳴聲不是在夢裡？而是傳自於她的陽台小花園！

她衝到落地窗前—

太陽已經高高升起了，花園裡閃動著金色的陽光，玩具小風車歪倒在一邊，藏著小野花的草叢被壓倒在地面—

「呵！鴿子！鴿子回來了！」她歡呼著。

兩隻鴿子略顯疲憊，身形消瘦了點，羽衣也暗淡了些，牠

們咕咕咕唱個不停，顯然對自己的久別歸來高興萬分。

花園又恢復了它的熱鬧與歡愉。

秋天，雖然頻頻回顧，但還是得把世界讓給冬天—

冬天襲捲了一切—顏色、律動、熱鬧、歡愉……，它把戰利品收藏在一張灰黑色的大毯子裡，有時還覆上一件雪白的罩衣。

風車斷了手臂，小草小花酣睡在泥土裡，作著長之又長的冬之夢；鴿子呢？偶而出現在陽台的欄杆上，縮著脖子，不發一語，唉，願神所賜的羽衣能夠幫助牠們度過寒冬。

冬天已經在這裡了，春天還會遠嗎？

當冬天匆匆離去時，它帶走了灰黑的毯子與白色的罩衣，於是顏色、律動、熱鬧、歡愉……都一一甦活了。

點點綠意出現在樹梢，沒幾天便融成了一片綠蔭；雀鳥們在樹上蹦蹦跳跳，忙著成雙配對；仔細聽哪！從泥土裡發出唏唏嗦嗦的細響，終於有一天，數不清的綠芽鑽出了地面，小草們見著了久別的陽光。

在春天的清晨，花園主人一覺醒來，走到落地窗前—

陽光撒下一張金網，千萬隻銀魚游梭在陽台，花園裡簇生著一叢叢的草莖，綻開著形形色色的小花，有些小花藏在草叢裡，有些小花則是好奇地冒出頭—

「啊！還有雪絨花、龍膽花—」她驚呼著，自己不曾在花園撒下這些花的種子啊！

她閉起眼睛，沈入了一段美好的回憶─

那時在阿爾卑斯山，晴空白雲，鳥兒高飛，遙望白頭的山峰，嗅聞著清新的空氣，漫步在山間的草原，草原上綻開著形形色色的小花，有龍膽花、雪絨花─

「這些花是從哪裡來的？難道是南風吹來的種子嗎？」她迷惑著。

那是鴿子從阿爾卑斯山帶回來的禮物。

映　象

鏡子

這世界猶如銅牆鐵壁。

我鼓起勇氣，輕輕扣響了一扇門。

門半開，露出半個人。

「夜深了，有什麼事嗎？」那半個人說。

「我又飢又寒—」我站在黑暗中說。

「已經很晚了，明天再來吧。」

那半個人，輕輕闔上了半開的門。

那個晚上，我走在荒寒的街道上，敲遍了每一扇門。

門，不是半開，就是不開。

半開與不開，又有什麼不同呢？

但是，這世界也可以是一面鏡子。

魯米（Rumi，十三世紀伊斯蘭神祕主義詩人）說著如鏡子
般的語言：

> 你的靈魂與我的靈魂為一
> 我們出現，又消融於彼此

詩 人 Derek Walcott（1930-2017）在 他 的 詩〈*Love After
Love*〉裡，描繪著與自己重逢的喜悅：

> 那時刻終將要到來
> 當你，興高彩烈地

迎接著自己的到臨

在你自己的門口，在你自己的鏡子裡

你們迎接彼此，相視而笑

這幅畫是溫馨而喜悅的，它是詩行映照在鏡子裡的影像。

鏡中之鏡

　　在離開家鄉愛沙尼亞之前，阿福・佩爾特（Arvo Pärt, 1935-）譜寫了這首極簡樂曲〈鏡中之鏡〉（*Spiegel Im Spiegel*），小提琴的旋律簡而悠長，鋼琴的三音和弦周而復始——

　　是兩個樂器之間寧靜而微妙的對話吧？

　　或是兩個人？或是與自己的靈魂，作著無聲的對話？

　　或是漫行者的步履，與腳下清寂的跫音？

　　或是思緒，與心跳？

　　或是在一個潤濕的清晨？

　　霧，如貓的腳步，自遠方氤氳走來，霧中的草木悄悄凝結著露珠，因為承受不住生命的重量，墮落紛紛。

　　或是樹幹與葉子？

　　樹幹簌簌地伸向天空，三出的葉子—鋼琴的三音和弦，循著安穩而流暢的生命旋律，一一展開自己。

　　或是微風行過草原？草莖點著頭，向著留不住的風。

　　但是我不明白，為什麼這一切被稱作「鏡中之鏡」呢？

　　因為鏡中之鏡的影像，重重無盡。

　　由一至無限，萬有相通。

　　再由無限歸一，聲音漸息，悄然終止，在寂靜無聲處，才是它真正的開始。

樂曲，來自於無限，終結於永恆。
我們有限的生命，交會於樂曲中。

幻想之翼

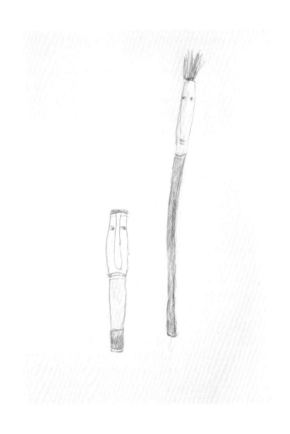

畫筆和鋼筆

一支畫筆對一支鋼筆說：

「為什麼你總是不說話？還戴著一頂又高又重的帽子，我看不見你的靈魂。」

鋼筆沈默不語。

「可是我想要認識你的靈魂哪！」坦率的畫筆熱切地說。

「我的靈魂傷痕累累，而且乾枯。」鋼筆終於開口了。

「為什麼呢？」畫筆問。

「曾經有一支玻璃沾水筆，它用銳利的筆尖在我的靈魂劃下了一道道的傷痕。」

「後來呢？」畫筆又問。

「有一天，玻璃筆不小心摔落地面粉身碎骨了，但是又來了一支既滑溜又粗俗的原子筆，它是個騙子；還有一支美麗的鋼珠筆，它偷去了我的墨水，我的靈魂因此而乾枯了很久很久。」

說到這裡，鋼筆灰黯的眼睛突然發亮了─

「你是畫筆？既然你是畫筆，能不能為我畫出心裡的夢想？」

「我很樂意，不過我需要一些顏料。」畫筆點著頭說。

「你可以從我這裡汲取一些墨水。」鋼筆說。

「你不是已經乾枯了？」畫筆很詫異。

「但在我靈魂的深處，永遠不會窮竭。」

這支鋼筆有一個藍色的靈魂，一個深邃的藍色的靈魂，於是畫筆從這藍色的靈魂汲取了一些藍色的墨水，它用藍色的墨水畫了天空、海洋、小藍花、青鳥和藍鯨。

鋼筆很開心，脫下帽子，露出那已經耗損但仍然流暢的筆尖，它與畫筆相視而笑，兩支筆一起飛上了天空。

畫筆在天空暈染了一朵白雲，鋼筆在雲朵上寫下詩行。

畫筆在天空深處點亮了月亮和星星，鋼筆為月亮和星星掛上一串串叮噹作響的詩句。

畫筆大力一揮，在廣袤的天際抹上七彩，那七彩是從月亮、星星、大地擷取來的顏色。

魔術師

清晨，醒在小鳥的唧啾聲中，推開窗戶，呵，朝顏花全都開了！朝顏花是自己開的嗎？才不是呢，這是魔術師變的法術。

日正當中，獨自走在沙漠，迎面來了一隻小狐狸，牠用溫柔的眼神看著我；這一場美麗的邂逅，也是魔術師的法術嗎？

黃昏時，坐在海邊，望著夕陽，滿懷愁緒，聽見一串咯咯咯的笑聲，回頭一看，呵，是小王子呢！這麼巧？和小王子在海邊相遇？這也是魔術師的法術嗎？

夜深了，即將入睡，魔術師在我沈重的眼皮上輕輕一點，我隨即滑入了另一個世界。

直到第二天的黎明，魔術師掀開黑色的布幕，他用魔術棒一一喚醒太陽、晨風、朝露、雀鳥、小藍花、朝顏花……，最後他用魔術棒在我眼皮上輕輕一點，我睜開眼睛，推開窗戶，呵，朝顏花全都開了！

魔術師是我的好朋友，所以他會為我施展一些很特別、很特別的法術。

有一次，他用魔術棒在我頭上輕敲了三下，唸了一段奇怪的咒語，還押韻呢！"hax pax max deus adimax"，奇妙的事發生了！從我的靈魂湧出泊泊的泉水，一直到現在，泉水還在源源不絕地噴湧呢。

他也常趁我熟睡時，用魔術棒指著我，唸上一段響亮而促急的咒語—"hocus pocus pilotus pas"，他把我變成了一隻狗！他抱著酣睡不醒的狗（就是我啦），飛上月亮，輕輕放在月亮的胳臂彎鉤裡。

當我醒來時，以為自己作了一場飛上月亮的夢，但夢是真實的，有什麼比夢境還真實呢？

除了我，沒有人見過魔術師。

他長得瘦瘦的，戴著一頂高高的帽子，有時他沒有戴帽子，那是因為他常常找不著帽子，他也偶而找不著自己的魔術棒，或者錯拿了樂團指揮的指揮棒，雖然指揮棒和魔術棒看起來很像，但其實是不一樣的，魔術師的棒子上鑲有一顆有魔力的小星星。

每當魔術師找不著他的魔術棒時，我就會很沮喪，唉，這個世界變得多麼平凡無奇、令人難以忍受啊！直到直到某個夜晚，天空出現了一顆飛來飛去、亮亮閃閃的星星，我笑了，魔術師找回了他的棒子，正忙著點亮一顆一顆的星星呢。

有一次，我問我的魔術師朋友—
你變出來的、最好的魔術是什麼？
他眨眨眼，笑著說—
是你呀！一個小小的神奇。

薑花

　　一隻園丁鳥，到處尋找著造園的材料，當他飛掠過城市的一棟公寓時，看見六樓窗台上有一株垂著頭的薑花，不，它還不能算是薑花呢，因為它還沒有開花，它只有兩片瘦弱的葉子。

　　「你是薑花嗎？」園丁鳥停棲在窗台上，柔聲對薑花說：「在幽靜的山路，在野溪的岸邊，我見過你，你總是不言不語，默默開著一簇簇白花，嗅著你散發的清新的香氣，才會發現你的芳蹤，但你怎麼會在這裡？」

　　「那一天，當我還閃著清晨的露珠時，被人從山徑掘了去，在喧鬧的市場上，一位少女捧走了我的花和葉子，剩餘的塊莖被一位憂鬱的男孩買了下來，他把我擺在陽台上，期望能夠從我身上看見奇蹟。」

　　薑花垂著頭：「一顆憂傷的心，怎能開出奇蹟的花呢？」
　　「為什麼你不離開這裡？」園丁鳥問。
　　「但我要去哪裡呢？」薑花答。
　　「我正在建造一座花園涼亭，我覺得那裡很適合你。」
　　「在哪裡？我們怎麼去？」薑花有一點兒興奮了。
　　「你跟著我，我們用飛的！」
　　「你有一對翅膀，但我沒有呀！」

「你有兩片葉子，那就是你的翅膀。」

「我的翅膀還不夠強壯，我怕─」

「別說了，你一定會超越自己！」

　　那天晚上，園丁鳥和薑花，一前一後，飛呀飛呀，飛往暗藍色的天空，他們遇到閃電和雷擊，也躲過好幾顆奔馳的流星，最後他們停住在一個小小的行星上，在這個行星上有一座花園，不！整個行星球全都是花園！

　　一位戴著尖帽的老頭兒，那是藍色的花園小精靈，笑嘻嘻地迎接他們─「朋友，請進請進！」

　　薑花在小行星的花園裡，長出了許多綠色的翅膀，開著一簇簇散逸著清香的花兒。

奇妙二重奏

你還記得從前大學宿舍裡的貓嗎？

記得，有兩隻，其中一隻是虎斑的。

就是這一隻，常黏著我，有一天我從樓上走下來，牠在我腳邊糾纏不休，我用腳輕輕地把牠撥開，唯恐傷害到牠那脆弱的自尊，但牠卻惱羞成怒，狠咬我一口，我逃到樓梯口旁那間小室，關起門從窗口窺視，牠竟然面門而坐，近一小時之後才怏怏然離開。

另有一隻貓把我困了一整夜。那晚夜宿朋友家，睡在朋友的沙發上，朋友的貓索性就睡在我的肚子上，呼嚕呼嚕地發出舒服的呼聲，害得我徹夜未眠。

這情景真有趣，貓黏你，而鳥黏我。

小時候，在院子裡偶而會看見盤旋在空中的鷂，外公說—看，鷂來了！而姥姥卻總是嚇唬我—看你還敢不敢爬上屋頂？老鷂會把你抓走。

當時我似怕非怕，似信非信，但我就是喜歡爬上屋頂去玩嘛！

不要忘了，還有那兩隻經常來拜訪你的鴿子。

是啊，牠們常在我的小花園約會，咕嚕咕嚕地唱著歌，離開時小花小草們莫不東倒西歪；其實，不只在我的小花園，凡我行經之處，總有鴿子黏著我。

這些小動物都喜歡黏著我們，因為我們有一顆親近小動物的心，我有一個提議，反正閒著嘛，我們來編一個關於貓與鳥的故事吧！在森林裡，一隻鳥遇見了一隻迷途的貓，接下來會發生什麼事呢？這個故事從這裡開始—

雖然這隻貓看起來很和善，但小鳥還是嚇了一跳，牠一展翅，飛上一棵大樹的枝幹—

「喂，貓，你跑到森林作什麼？」這是一隻很好奇的小鳥。

「我想要學飛，我想要學習關於飛的智慧。」貓在樹下回答。

「真的？你想要學飛？像鳥一樣地飛？」小鳥笑著問。

「是啊，你能教我嗎？」貓望著樹上的小鳥，熱切地說。

「嗯，也許可以，也許不能。」小鳥回答。

「你能飛過樹梢嗎？」貓問小鳥。

「嗯，也許可以，也許不能。」小鳥回答。

「你能越過山峰嗎？」貓又問。

「噢，不能，絕對不能。」小鳥有一點沮喪。

「你能追上一朵白雲嗎？」貓再問。

「唉，想都沒想過。」小鳥更沮喪了。

「那麼算了，再見，我得去尋找關於飛的智慧。」

貓轉身正要離開，小鳥很著急，因為牠愈來愈喜歡這隻貓了。

「別走嘛，雖然我不能教你越過山峰，追逐白雲，可是我可以教你飛上樹幹哪！」

於是貓停住腳步，開始認真地跟著小鳥有樣學樣，但牠就是飛不起來。

一旁的大樹於心不忍，它彎下腰，讓貓跳上了樹幹。

現在，貓和鳥並排坐在樹幹上——

「你好，我是奇奇鳥。」

「你好，我是妙妙貓。」

牠們作了自我介紹之後，奇奇鳥說——

「妙妙貓，學飛的關鍵是你得擁有一對翅膀，你的翅膀呢？」

這可是一個大難題呢，去哪弄一對翅膀呢？牠們倆想了好久好久，聰明的妙妙貓突然靈光一現——

「我知道了！我曾經在一個窗口，聽見一個小女孩一邊兒彈著鋼琴，一邊兒唱著歌兒，乘——著——歌聲的——翅——膀——，奇奇鳥，我們來合唱一曲吧，然後我們就會飛起來，你會演奏嗎？或者唱歌？」

「我會啊，而且我還特別喜愛唱歌呢！」奇奇鳥清清喉嚨說。

「好極了，那麼，1-2-3，開始！」

妙——妙～妙～妙～妙————（斜體字是高音）

奇、奇、奇—〇〇〇奇、奇奇

妙——妙～妙～妙～

奇奇奇奇奇奇〇奇

……………………

森林裡迴盪著牠們的歌聲，妙妙貓的旋律攸長婉轉，奇奇鳥的應和輕快有緻，所有的樹都聽得如痴如醉，其他的動物更不用說了。

一曲終了，妙妙貓大聲喝采─

「Prodigialis duo!」

「什麼意思？」奇奇鳥很好奇。

「奇妙二重奏！」

鳥和貓成為好朋友，最佳的音樂搭擋，這二重奏真是奇妙啊！如同雲雀的翅膀，載著奇奇鳥和妙妙貓飛越樹梢、掠過山峰，追趕白雲……。

牠們終於學會了關於飛的智慧。

嘿，這個故事編得如何？

太好了！所有的鳥和貓都會為之歡欣鼓舞，你的靈感得自何處？

意大利音樂家羅西尼（Gioachino Antonio Rossini, 1792-1868）的偶發之作─〈貓之二重唱〉（Duetto buffo di due gatti）。

有趣極了！羅西尼的靈感得自何處？

說來話長，那又是另一個故事了。

週六的飛翔

在這淒風苦雨的週六，讀著海涅的文集，聽著貝多芬的第三號交響曲〈英雄〉（Symphony 3 in Eb major, or Sinfonia *Eroica in Italian*, Op.55），思緒隨之而飛翔—

兩人皆出生在萊茵河畔，貝多芬在波昂（Bonn），而海涅在杜塞多夫（Düsseldorf），海涅比貝多芬晚生 27 年，海涅還在杜塞多夫打混的青春歲月，貝多芬已去了維也納；兩人沒在萊茵河打過照面，但他們同時在世有 30 年之久，當貝多芬去世時，海涅 30 歲，已經是名聞德國的詩人了，兩人應該聽聞過彼此。

舒伯特、舒曼、布拉姆斯、李斯特、華格納、法蘭茲、柴可夫斯基、史特勞斯……等音樂家莫不厚愛海涅的詩，一首接一首為之譜曲，多達 2500 首之多，連老前輩歌德都不及他呢（1700 首）！在 2500 首詩歌中，最為世人所熟知者：一是德國作曲家 Friederich Silcher（1789-1860）譜的〈羅蕾萊〉（*Die Loreley*），另一是孟德爾頌譜的〈乘著歌聲的翅膀〉（*Auf Flügeln des Gesanges*），尤其是〈乘著歌聲的翅膀〉，不但詩的情境恬美溫柔，孟德爾頌的譜曲亦然，詩與歌，如同靈魂展開的雙翼，飛翔在幸福的夢境—

乘著歌聲的翅膀
親愛的請隨我前往
去那恆河的岸邊
我所知最美的地方

綻放著紅花的庭園
在明潔的月光下
蓮花靜靜地等待著
心愛的姑娘前來

紫羅蘭吱吱咯咯地笑著
仰望著滿天星斗
玫瑰花悄悄地傾訴
她芬芳四逸的童言

虔誠而歡悅的羚羊
蹦跳著前來傾聽
流自遠方神聖河流
永恆的波濤湧動

我們躺臥在那裡
棕櫚樹的樹蔭下
品嚐著愛與寂靜
在幸福的夢境裡

海涅迷戀於神祕的東方文化，他大言不慚地稱自己是印度的大君，但很快又改了口—我欺騙了您，我不是什麼恆河伯爵，我這一輩子從來也沒有躺在印度的棕櫚樹下做過夢……但話鋒一轉，接著他又說：我是從印度的詩歌裡出生的……（見其《思想·勒格朗集》，張玉書譯）這位博學、機智、詼諧、玩世不恭的才子，乘著他無邊無際的想像力，在空中飛來飛去—

　　直衝霄漢的是高高的橡樹林，橡樹林的上空飛翔著雄鷹，雄鷹之上飄浮著白雲，白雲之上閃爍著群星—您覺得還不夠高，那好吧—群星之上遨遊著天使—不行了，我的愚蠢沒法再升高了，它已經登峰造極！它自己的高度已使它頭暈目眩……中午時分，我彷彿覺得可以吃盡印度所有的大象，用教堂的尖塔來剔牙；傍晚時我感傷不已，真想一口喝乾天上的銀河，也不管那些小行星留在胃裡是否難以消化？……（見其《思想·勒格朗集》，張玉書譯）

　　而現在，海涅飛到半個地球外一個東方人的書房裡，遇見了貝多芬，情況有點兒尷尬，貝多芬可能不太欣賞這位輕佻的青年才子，他從未以海涅的詩入曲。

　　貝多芬素所心儀的是另一位詩人席勒（Friedrich von Schiller, 1759-1805），席勒在 1785 年 26 歲時因受政治迫害而陷入貧困，有四位素昧平生的年輕人適時伸出援手，席勒乃以感動之心寫下了一首讚頌歡樂的長詩〈歡樂頌〉（*An Die Freude*）；貝多芬年輕時讀了席勒的〈歡樂頌〉，念念不忘，

一直嘗試著要為它譜曲，終於在暮年時把它譜入了第九號交響曲《合唱》（Symphony 9: *Choral*, in D minor, Op.125）的第四樂章，以此為自己的人生劃下了一個完美的驚嘆號！

為他作傳的羅曼・羅蘭這麼說：這個世界給予貝多芬的是痛苦，貝多芬把痛苦鎔鑄為歡樂，送給這個世界。

現在，貝多芬走出了英雄的陰影，他以澎湃的熱情指揮著第九號交響曲的第四樂章，眾人歡樂地唱頌著「普世的博愛」──

> 歡樂，諸神美麗的火花
> 來自天堂的仙女，
> 我們如醉如痴，
> 登臨天堂的聖殿！
> 您以神力消除分歧，
> 使眾生再度融合；
> 凡人皆是兄弟，
> 在您溫暖的羽翼下。
>
> 若有個心連心的朋友
> 是非常的幸運，
> 若有位嫻淑的妻子
> 請來共聚同歡！
> 在這世界有一位知己足矣
> 否則暗自離開獨自飲泣！

一切生命共享歡樂

在大自然的懷抱。

義與不義

各得其所；

她—歡樂之神賜予我們吻與美酒

以及生死不渝的朋友。

即使蟲豸也蒙神賜福，

與天使並立於神的面前。

　　我的書房光華與聲響滿盈，男女聲獨唱、輪唱、合唱，歡聲徹天！在原本的四聲部之外，竟還出現了第五聲部—

　　大道之行也，天下為公，選賢與能，講信修睦，故人不獨親其親，不獨子其子，使老有所終，壯有所用，幼有所長，鰥寡孤獨廢疾者皆有所養，男有分，女有歸，貨惡其棄於地也，不必藏於己，力惡其不出於身也，不必為己，是故謀閉而不興，盜竊亂賊而不作，故外戶而不閉，是謂大同。

　　熱鬧極了，原來孔夫子一門人也全都濟濟一室了！

　　我還瞧見席勒在角落傾耳諦聽著，他熱淚盈眶，喃喃自語：「歌德兄呢？他也該來聽聽—」究竟他倆是心連心的好朋友，歌德立時翩然而至，微笑著說：「這是中國的禮運大同世界。」

　　雖然耳聾的貝多芬完全聽不見歡樂的歌聲，但他幾近瘋狂

地揮舞著雙臂，以澎湃的熱情引領眾人高飛再高飛，飛上繁星點點的穹蒼，前去親近那位慈愛的造物主—

愉悅地，如太陽的運行
在廣袤的天際，
兄弟們，你們當奔躍，
歡欣地，邁向勝利的英雄。

萬民，擁抱吧，
這一吻送給全世界！
兄弟們，在繁星點點的穹蒼上
必定住著一位慈愛的天父。
萬民，你們可曾跪倒敬拜？
世界，可曾認識你們的造物主？
在天際尋找祂
祂必在群星之上。

在高亢的歡樂聲中，我的書房興奮地發著抖，在聲聲雷鳴中人影幢幢，如同宇宙初始的大霹靂—

「怎麼辦？我該如何收場？」我悄悄地問。

「邀請海頓吧，他會演奏第 45 號交響曲《告別》。」另一個聲音說。

於是海頓爸爸出現了，他親自指揮第 45 號交響曲，第一樂章、第二樂章、第三樂章，在第四樂章時，神奇在我眼前展現！

海涅率先離開了，他飛去了印度，在一棵棕櫚樹下，幽幽地從幸福的夢境中醒來—

　　接著離去的是席勒與貝多芬，他們一起高飛，飛往我視線所不能及的星斗之上—

　　哥德去了地獄，他與魔鬼的交易尚未完結—

　　孔夫子與門下眾弟子去了韓國、日本、美國……，繼續周遊列國—

　　其餘人等也一個個地散去了—

　　現在，我的書房歸於空寂，窗外仍是淒風苦雨。

　　「我們呢？我們要飛去哪裡？」我問。

　　「飛去 B7272 小行星吧，這時節正遍開著黃色的蒲公英呢！」另一個聲音說。

依出場順序：

海涅（Heinrich Heine, 1797-1856）：德國詩人、雜文隨筆作家、新聞工作者，與歌德、席勒共為德國三大文豪。

貝多芬（Ludwig van Beethoven, 1770-1827）：德國集古典主義大成的作曲家，又是浪漫主義的開創者，對後世影響深遠，被尊為樂聖。

Phillipp Friederich Silcher （1789-1860）：德國作曲家與民歌收集者，長於抒情歌曲。

孟德爾頌（Felix Mendelssohn, 1809-1847）：德國猶裔音樂家，是浪漫樂派的代表人物之一。

席勒（Friedrich von Schiller, 1759-1805）：德國詩人、歷史學家、哲學家、劇作家，其地位僅次於歌德，或曰與其齊肩並立。

羅曼・羅蘭（Romain Rolland, 1866-1944）：法國作家、音樂評論家、諾貝爾文學獎得主。

歌德（Johann Wolfgang von Goethe, 1749-1832）：德國的文豪，著名的作品有《少年維特的煩惱》、《浮士德》……等。

孔夫子（Confucius, ca 551-479 BC）：中國春秋時代魯國的政治家與教育家，後世奉為儒家思想的創始者。

海頓（Franz Joseph Hayden, 1732-1809）：奧地利作曲家，被譽為交響曲與弦樂四重奏之父。

第五個小丑

第五個小丑

在紐約州冷泉鎮（Cold Spring）一家古董店，一尊小丑站在高處的玻璃櫃裡，左手持著小提琴，右手揮舞著無弦的琴弓──他在演奏著無弦之歌！

我納悶著：這尊玻璃製作的小丑究竟來自何方？

在玻璃小丑的底座，黏貼了一張打印的字條，稍稍透露了一點兒小丑的身世：他來自意大利的穆拉諾（Murano），距離威尼斯外海一、二公里的群島，自中古以來就是歐洲製作玻璃的重鎮；那字條還說：這小丑的名字叫作普欽內拉（Pulcinella）。

普欽內拉（Pulcinella）！

在歐洲，他可是一位家喻戶曉的人物哪！1920年，俄國音樂家史特拉汶斯基（Igor Stravinsky, 1882-1971）根據十八世紀的意大利戲劇《四個相同的普欽內拉》（*Quartre Polichinelles semblables*），譜寫了一齣既諧趣又歡樂的芭蕾舞劇《普欽內拉》，劇中的主角就是這位手持小提琴的小丑。

我迷惑著：這尊戴著面罩、身著彩衣的威尼斯小丑，何故流浪到異鄉美國？而且還被困在小鎮古董店的玻璃櫃裡？

是被觀光客買下攜回美國的嗎？

還是二戰之後美國進口的意大利手工藝品？

他是搭乘豪華遊輪登陸美洲新大陸的？

還是搭上了噴射客機？航空母艦？商船？

在豪華遊輪上，他是否在樂隊裡兼任了一個小提琴手的角？

在飛機裡，他的心沒有被震得粉碎？

然後，他到了美國，又作了些什麼事呢？

隨著馬戲團，天涯作客？

還是遊方四海，以琴弓作劍，行俠仗義？

或者，這尊小丑非從歐洲渡海來此，而是義大利 Murano 的藝匠在美國設計的作品？從這綠、黃、黑、琥珀的色彩組合來看，極有可能是被命名為 Americano 系列的作品。

他站在冷泉鎮古董店的玻璃櫃裡，演奏著無始無終的無弦之歌，究竟有多久了？直到有一天，某個人跨進古董店，聽聞到這來自寂靜的聲音，於是把他帶走了。

「拜託你，把小丑 Pulcinella 帶回歐洲。」

「我很樂意，但為什麼呢？」

「因為歐洲才是 Pulcinella 真正的家鄉啊！而且，你不是已經擁有了四個小丑嗎？」

「是啊，吹豎笛的小丑、流淚的小丑、玻璃心的小丑與流浪漢小丑。」

「現在是第五個小丑，把他們聚合在一起多麼好！最重要的是，Pulcinella 是歡樂與好運的小丑，我希望小丑能為你帶來歡樂與好運。」

Pulcinella 回到了歐洲，他和其他四個小丑住在一起。

夜深時，Pulcinella 和吹豎笛的小丑組成弦樂與木管的二重奏，樂聲迴繞於室內，四壁的書俱靜默無言，它們傾耳諦聽。

　　那隻來自愛沙尼亞的貓用尾巴打著拍子。

　　那個有著玻璃心的小丑呢？他充任假聲男高音一職，他的音色既高亢且清澄。

　　流淚的小丑感動極了，他的眼淚撲簌簌地流不停，以致天明時全身都濕透了，他得坐在小陽台上曬一整天的太陽呢。

　　流浪漢呢？他開始厭倦了流浪，正在物色一位好姑娘，想要成家立業了。

琴劍和鳴

鯨劍出匣

誰說我不愛美物？但今世可愛之美物難得一遇。

我曾愛劍，干將、莫邪（為一對）、巨闕、湛盧（為一對）、勝邪、魚腸……，每劍各有其性情與命運，感嘆吁嗟之餘，我曾為它們各作一傳。

但再也沒有歐冶子（春秋末至戰國初之越國人，為鑄劍之鼻祖，《越絕書》有載）了，因為再也沒有識劍者了。

我也曾愛馬，我愛馬的矯健與狂傲，但於今世，騏驥與駑馬同跡，唯能在夢裡馳騁並嘶鳴了。

如同齊克果（Soren Kierkegaard, 1813-1855）所說的：那隻陷落在家鵝群中的野鵝。

我也愛筆。

我曾經趨赴時炎，擁有萬寶龍（MONTBLANC）三支名筆，戲稱它們為國王、王后與騎士，待我理智清醒之後，漸不耐於萬寶龍的豪貴氣，索性都送了人。

再來是百利金（PELIKAN）大嘴鳥，但總覺得百利金新不如舊。

日本的蒔繪筆美則美矣，有一股華麗而優雅的貴族氣，於我這素民不宜。

但我還是愛筆。

2017 年春，在德國高琴鎮（Cochem）的工藝市集，巧遇一位老筆匠，向他買了兩支筆，一枝送給了朋友，另一枝自用，

自用的那枝以三種木材互嵌，渲染成藍色，木質的紋理遂成大海的伏波，一隻大鯨悠遊於藍色的大海。

我把鯨筆置於木匣中，日夜聽著它在匣中沈吟—

寧昂昂若千里之駒乎？將氾氾若水中之鳧乎？

寧與騏驥亢軛乎？將隨駑馬之跡乎？

寧與黃鵠比翼乎？將與雞鶩爭食乎？

……

某日，在大雨滂沱中，我把它自匣中取出，它歡躍不已！

我恍然大悟：它原非凡胎俗骨，它是北冥之鯨哪！

它終將出匣，化為鵬鳥，怒而飛，一展翼，便是九萬里！

琴筆詠春

　　1838 年的濃冬，一位年輕人悄悄走進了維也納的維靈根墓園（Wahringer Friedhop），他左顧右盼，尋找著心目中的兩位前賢大師，一位是逝於 1827 年的貝多芬，另一位是於 1828 年英年早逝的舒伯特，這兩位音樂界的巨人在維靈根墓園比鄰而居。

　　這是他多年來的願望—赴維也納在貝多芬與舒伯特的墓前致敬，現在終於如願了！他看見在貝多芬的墓前有一枝鋼筆，是鋼筆的主人無意中遺失的？還是有意呈獻於貝多芬，冀盼貝多芬能助自己樂思不斷？

　　年輕人拾起鋼筆，如獲至寶，他相信在鋼筆中駐有貝多芬的英靈，他將以此筆成就音樂不朽之業；果不其然，日後這位年輕人成為浪漫派音樂的一位巨匠，他就是舒曼（Robert Schumann, 1810-1856）。

　　維也納之行兩年後，春天降臨在舒曼的生命中，新婚的他心情欣悅，樂思如湧，僅以四天的時間，完成了第一號交響曲《春天》（Symphony 1: *Spring* in B minor, Op.38）的初稿，在家庭日記簿上他如是記載著：

　　1 月 23 日春天交響曲開始動筆

　　1 月 24 日完成了這首交響曲的柔板和諧謔樂章

　　1 月 25 日交響曲的激情 -- 徹夜未眠 -- 在創作最後樂章

　　1 月 26 日哇！交響曲完成了！

這首春天，是以拾獲自貝多芬墓前的那枝鋼筆寫成的，其中幌動著貝多芬與舒伯特的身影，但卻是舒曼的春天，春天真的到臨了！一年之後，由孟德爾頌（Felix Mendelssohn, 1809-1847）指揮首演，大獲成功。

2017 年的春天，舒爽宜人的五月，在德國茉塞河畔（Mosel）的高琴鎮（Cochem），正舉行著熱烈的工藝市集，其中一位老先生賣的是手工自製的木管鋼筆。

來了一位東方人，買去了兩枝筆—鯨筆（藍色的筆管上有一隻巨鯨）與琴筆（藍色的筆套上嵌著 24 個鋼琴的琴鍵）。

「這可不是一般的筆喲！它們是有魔法的。」老先生說。

「什麼魔法？」買者問。

「到時候你自然就知道了！」老先生神祕地微笑著。

這人把鯨筆留給了自己，把琴筆送給了朋友。

「後來呢？發生了什麼魔法？」

「每逢風雨大作，那枝鯨筆就會衝出筆匣，化作大鵬鳥。」

「琴筆呢？」

「正想請問你呢！我不是把它送給了你嗎？」

「有一天晚上，我把它放在攤開的琴譜上，在睡夢中我一直聽見鋼琴的奏鳴聲，好似在春天裡與一條歡唱的小溪同行。」

「是哪首樂曲？你還記得嗎？」

「是貝多芬的樂曲，貝多芬在世時最喜歡自彈的那首—〈可愛的行板〉（Andante Favori WoO 57）。」

四　季

冷、冷、冷

　　世界被冰雪覆蓋著，冷、冷、冷——

　　躲在兩層棉被裡，一層是天然的棉，另一層是人造的棉，還是冷、冷、冷，冷得鑽心裡去——

　　我發著抖，睡著了，睡在深之又深的冰雪裡。

　　「噹——！」

　　一聲輕響，雲端旅人捎來了一封訊息，醒來，伸出僵冷的手接住，呵，是一首為冰雪所覆蓋的詠嘆調呢！

　　　　What power art thou,
　　　　你是什麼力量？
　　　　Who from below,
　　　　你是誰？從底下
　　　　Hast made me rise,
　　　　喚我起身，
　　　　Unwillingly and slow,
　　　　不情不願、徐緩地，
　　　　From beds of everlasting snow!
　　　　從永恆的冰雪的眠床！

　　　　See'st thou not how stiff,
　　　　看看你多麼僵硬，

And wondrous old,

而且怪異的老舊，

Far unfit to bear the bitter cold.

難以適應這嚴酷的寒冷。

I can scarcely move,

我幾乎不能動彈，

Or draw my breath,

我幾乎不能呼吸，

I can scarcely move,

我幾乎不能動彈，

Or draw my breath.

我幾乎不能呼吸。

Let me, let me,

讓我，讓我，

Let me, let me,

讓我，讓我，

Freeze again...

再次凍結…

　　英國巴洛克時代的歌劇《亞瑟王》（*King Arthur*），是桂冠詩人約翰・德萊頓（John Dryden, 1631-1700）寫的劇本，亨利・普賽爾（Henry Purcell, 1659-1696）譜的樂曲；五幕中

的第三幕，在魔法森林中，愛神邱比特輕輕喚醒冷精靈（cold genius），請他降下霜雪，覆蓋大地，以助亞瑟王戰勝敵人，與愛人艾茉玲（Emmeline）相聚；當冷精靈從酣睡中不情不願地被喚醒時，唱出這段冷得顫抖的詠嘆調。

克勞斯‧諾米（Klaus Nomi, 1944-1983）穿著巴洛克時代的服飾，臉色慘白，四肢僵直，顛危危地走上舞台，他的手勢與眼神是不可思議的古怪，身後的弦樂和聲如同一陣陣凜烈的寒風，他簡直就是冷精靈的化身！或是從時空縫隙中蹦到地球的星際訪客？

他開始於清厲的男中音，再轉為尖銳的高音，終至沈入冷冽的低音中—

Let me, let me,

讓我，讓我，

Freeze again to death!

再次凍結、死亡！

他步履蹣跚地步下舞台，半年之後離開了地球。

不然，也許克勞斯‧諾米根本不曾來過地球，他一直沈睡在一個遙遠的星球上，為冰雪所覆蓋的白色星球，在睡夢中他眨了一下眼，只一瞬間，卻是地球上三十九年的生命。

讀完雲端旅人的訊息，我又再次沈睡了，凍結在深之又深的冰雪中，冷—冷—冷—

春天之憧憬

　　度過半世紀以來最冗長的寒冬，雖然遲了些，但春天終究還是來了，她身著的薄紗輕拂，她無聲的腳步輕盈，我的心因為歡躍而引吭高歌：

> 來吧，親愛的五月
> 讓群樹再冒出綠芽，
> 沿著溪流的兩岸，
> 讓紫花為我而綻放！
>
> 我們多麼雀躍！
> 再次看見紫花；
> 呵，五月，令人歡喜！
> 我們將外出漫步。

　　這是〈春天之憧憬〉，莫札特譜的歌曲（*Sehnsucht nach dem Frühling,* K. 596），那天是 1791 年的 1 月 14 日，他 35 歲生日（最後一次生日）之前的兩個禮拜。

　　旋律美極了！

　　那時，莫札特才完成他的第 27 號鋼琴協奏曲（K. 595），大概對這首鋼琴曲第三樂章的主旋律愛不釋手吧？幾天之後，他採取同時代詩人歐維貝克（Christian Adolf Overbeck, 1755-

1821）的詩，為它配上了第三樂章優美而歡樂的主旋律，那旋律如同孩童般純真的喜樂，是天使對春天的讚頌。

來吧，請隨著親愛的五月來吧！我在冒出綠芽的樹林等你，我在開著紫花的溪邊等你，我在野花綻放的原野等你，我以春天的歌曲邀請你：

> 來吧！五月帶來了
> 豐美的鮮花，
> 也為我們招來夜鶯，
> 以及美麗的咕咕鳥！

在夜鶯與咕咕鳥的歌聲中，突想起中國唐朝有一位無盡藏比丘尼（生卒年不詳），她作的一首開悟詩：

> 終日尋春不見春，踏破芒鞋嶺頭雲；
> 歸來偶把梅花嗅，春在枝頭已十分。

人生尋尋覓覓，歷經風霜雪雨，到頭來方才了悟：原來春天不在別處，就在遙遠的這裡，也在遍一切處。

馬奈為馬拉美《牧神的午後》所畫的卷頭插畫

牧神的午後

　　盛夏的午後，牧神法農（Faune or Pan, 人身、羊足）從淙淙作響的溪澗邊醒來，他還沈浸在睡夢裡與幾位寧芙（nymph，山林中與水澤邊女性的精靈）的相遇，是夢嗎？還是睡前真實的際遇？在空虛與睏倦中，他喃喃自語—

> 這些寧芙，我願你們永生
> 多麼明潔
> 玫瑰色的肌膚飛舞，閃著光
> 在昏沈的空氣、在濃重的睡意裡。
> 莫非我愛上的是一場夢？
> 我的迷惑，一叢古代夜晚的傳奇，消散
> 於纖細的枝梢，而留存著真實的
> 樹林自己，證明著，悲哉，我也
> 獻給自己孤獨，如同勝利，這玫瑰的假象。
> ……（中略）
> 別了，寧芙，我看見你們幻化的身影。

　　這是法國象徵派詩人馬拉美（Stéphane Mallarmé, 1842-1898）依據希臘、羅馬神話而作的田園詩《牧神的午後》（*L'Aprés-mid d'un faune*），全詩概是牧神夢囈式的獨白，烘托出一種迷離夢幻的美；文評家梵樂希（Paul Valéry, 1871-1945）譽為象徵詩派的里程碑、法國近代最偉大的詩作。

作曲家德布西（Achille-Claude Debussy, 1862-1918）讀此詩
而有意為它譜曲，馬拉美聞之很不以為然，孤傲的詩人說：「再
美的音樂，對此詩而言，都是一種冒瀆。」德布西原擬譜成一
首交響詩，分為前奏曲、間奏曲與終曲三個部份，他費時一年
餘僅譜成了《牧神的午後前奏曲》（*Prélude à l'après-midi d'un
faune*），雖然間奏曲與終曲闕如，但僅此前奏一曲已足以讓德
布西一腳跨出浪漫主義的大門，他以全新的音樂語法開創了一
個印象式的世界。

1894 年 12 月 22 日首演此曲，大獲好評，馬拉美親聆之後
也讚賞不已。

Pál Szinyei Merse 於 1867 年所畫的〈牧神與寧芙〉

接下來，是傳奇舞蹈家尼金斯基（Vaslav Nijinsky, 1891-1950），結合馬拉美的詩意與德布西的音樂，編導出一齣完全不同於傳統的芭蕾舞劇《牧神的午後》，這真是奇才之作！

　　尼金斯基的靈感得自於古代埃及與希臘繪製在牆壁與瓶甕上的人物圖畫，那些繪畫通常遵循著一套嚴謹的規律—即人物的臉呈現側面、上身正面、下身側面，如此三折式的二維平面畫法，藝術史家一般認為：是尚未成熟到三維立體繪畫之前，原始而拙稚的古代繪畫藝術。

　　但是，這原始而拙稚的繪畫卻呈現出一種異乎尋常的美—簡單而明晰、靜止而永恆。

　　現在，尼金斯基讓凝固在永恆中的靜止畫面在舞台上「動」了起來，牧神與寧芙們，以一種不太自然且被認為是不可能的人體姿勢，引領近代人進入一個活生生的、樸野的神話世界，一個非文明的感官世界。

　　舞劇於 1912 年首演，褒與貶兩方激烈對立，多數人怒目叱責其不倫、不雅、違逆，少數人則藉由此舞劇而開啟了藝術領域的新境。尼金斯基的老師也是一位編舞家福金（Michel Fokine, 1880-1942）如此說：「這不是流動著的動作，而是一幅幅的畫面。」確實，善於跳躍的尼金斯基，從古典芭蕾一腳躍入了近代藝術的蠻野之境。

　　如同《玫瑰花魂》（見《無弦之歌》之〈花之組曲〉，頁194-199）結合戈蒂耶的詩、韋伯的音樂與尼金斯基的舞蹈，為近代西方藝術開出了一朵奇葩；在盛夏，牧神的午後，於夢與

醒之間，又開出了一朵燦爛的奇花，它遍撒種子，在驚雷之後，近代藝術如雨後春筍般地萌生了，它如此光怪陸離，如此令人張口結舌、耳目不暇。

Léon Bakst 於 1912 為舞劇首演所畫的海報

秋天才要開始

　　每當心中的井將要乾涸，四周粗浮的人、事、物如遮天蓋地的黃沙將要把我們淹沒，這時候需要打開書，飛入另一個世界。

　　某些人，從不曾真正地離開過這個世界，是的，他們曾經來過，留下了一些思緒、情感、足跡，然後消失了，但是他們並沒有離開，他們繼續存在著，以文字、音樂、繪畫作為密碼，有緣者解開密碼（如智者封存在天空、山洞、湖泊、海洋或心意識的寶藏），進入一個玄奇的世界，像久別重逢的老友似地暢談終宵。

　　當天亮時，覺得自己稍稍可以忍受這個世界了。

　　近日便是處於這種困窘的情境，因此從書櫃請出被自己擱置許久的《紀德日記》（從十八歲開始寫的日記）。

　　隨意打開一頁，見紀德如是寫道——

　　秋天，是最適合閱讀的季節。

　　是的，紀德學識淵雅，從古典希臘、羅馬到當代文學，從詩歌、神學到科學，無不涉獵，讀他的日記，旁徵博引，興味盎然，如同看著四方河流娓娓注入浩瀚的海洋。

　　如此看著，猛一抬頭，見窗外黃葉紛飛，枯枝在冷風中顫抖，突然驚覺——

　　秋天要過去了？不，誰說的，秋天才要開始呢。

樹之組曲

當我倚靠著一棵大樹

當我倚靠著一棵大樹—
撫觸它剝落的皮，以及斑斑的傷痕
心砰砰的跳動，體內溪流泊泊地流

當我感受到詩人里爾克（R. M. Rilke）的感動—
身上文明的華服寸寸碎裂，長出昂然的枝葉
雙足深入大地，旅行到不可知的遙遠的彼方

當世間的喧囂倏然靜止—
我聽見自己的歡唱，搧動羽翼的轟然雷鳴
一隻草蜢的夢囈，以及草尖上淚珠的滴落

當一棵樹轟然倒下

當一棵樹轟然倒下—

一開始，它試著從地上爬起來，它一試，再試。

它想念著那些高高在上的朋友，那些或有心或無心的雲朵，那些喧鬧不休的群鳥，還有它藏在樹蔭裡的許多祕密……。

它又試了幾次。

從驚恐而悲傷而孤獨而絕望。

後來，下了一場驟密的小雨。

雨後吹起一縷縷的清風。

它嗅著了泥土與青草的芬芳，小野花們偏過頭來好奇地看著它，螞蟻成天在它身上走來走去，小鳥偶而也會飛來問候一下。

最奇妙的是—蝴蝶、蜜蜂、蚜蠅、蜻蜓、甲蟲……在身邊飛舞，原來—它瞪大了眼睛，不是小鳥才有翅膀哩！

夜晚時尤其熱鬧，螢火、蛙鼓、派對……歡樂不絕。

雨後的清晨，菇菇們一個個鑽出了頭。

「你們從哪裡來的？」它驚訝地問。

「我們原來就在這裡呀！」菇菇們齊聲回答。

它，靜靜地臥在草叢中。

時間穿過它，流向大荒。

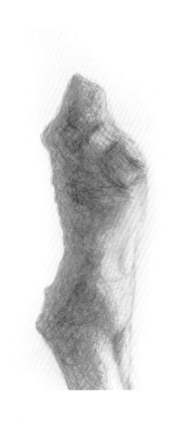

維納斯的誕生

公園裡一棵被狂風吹倒的樹，被鋸去了大半截的身軀。

就像塞尚（Paul Cézanne, 1839-1906）面對著一座山沈思那樣，我面對著這棵斷樹—

它是龐貝城（Pompeii，古羅馬城市，於公元 79 年 8 月 24 日毀於火山爆發）的毀滅、它是勞孔（Laocoon，古希臘特洛伊城的大祭司，與兩個兒子同被海蛇纏繞而死）的悲劇，它也是一位懷孕的婦女，我想起莫迪里亞尼（Amedeo Modigliani, 1884-1920）那舒緩而優美的線條，一種已經式微的永恆之美。

「美必須死亡嗎？」我嘆息著。

「不，它只是暫時隱藏在黑暗裡。」另一個聲音說。

就像老朋友般，我與這棵斷樹悄悄對談了起來。

我畫著它—是男？是女？是老？是少？都不重要，那是人類貧乏的視界；重要的是，在這棵斷樹裡，住著一個靈魂。

我與樹的靈魂正對談著，身旁倚過來一位好奇的老先生：「凡是美的事物，我都喜歡。」他指著身後那兩棵烏桕樹：「我喜歡那兩棵樹，我常常看著它們。」

但是老先生不知道樹名，我告訴了他。

「還有草地上的鳥，不太怕人的。」老先生說。

「那是黑冠麻鷺，樹的老朋友。」我告訴他鳥名，並且寫給他看。

他加入了我與樹的對談，時間舒緩了下來。

我畫了一幅紮實的素描，維納斯誕生於一棵斷樹中。

歡呼的手臂

注意它很久了，一棵樹怎會長成這副模樣？

觀察、思考了幾天，終於有了假設，今日用手去觸摸那樹的四個直角，以求證我的假設——

這種樹生長到相當的高度，就會自然長出一對分叉。

這對分叉，就像是一雙歡呼高舉的手臂！

人們似乎不怎麼喜歡看見歡呼高舉的手臂，所以把伸向街道的那隻手臂鋸掉了。

樹很悲傷，過些時它在獨臂上重新長出一對歡呼高舉的雙臂。

人們再度鋸掉了伸向人行步道的那隻手臂。

樹很悲傷，過些時它又重新長出雙臂，對著天空歡呼！

人們再度鋸掉了它的一隻手臂。

一共是四次，它被鋸掉了四隻手臂。

樹繼續長高，繼續長出雙臂，它伸向天空、雲朵、星斗……歡呼！

誰綁住了你？

榕樹把自己伸向天空，
卻又戀棧著大地；
它垂下一條條氣根，
以與大地連結；
瞧呵！這棵榕樹，
以氣根綁著自己。

禪宗《傳燈錄》中如此記載：
五祖道信來向四祖僧璨乞請解脫法門，
僧璨問：「誰綁住了你？」
道信答：「沒有人綁住我。」
僧璨說：「那你何必來求解脫？」
道信當下大悟。

樹的精靈

你聽過花的精靈嗎？
那麼你見過樹的精靈？
只要你閉起眼睛，
（因為你的愚蠢多半來自於你眼睛的愚蠢）
你將會看見祂們─
馬拉美，為我們的愚蠢寫一首詩吧！
德布西，為樹靈的夜晚灑下月光吧！
尼金斯基─森林、田野的精靈，牧神
為了喚醒我們的昏睡，跳舞！跳舞吧！

沈 睡

為了恆長的等待，
它把自己凝固為化石。

疲憊的旅人經過這裡，
這時他是七十歲的老人。

「我好像認識你，在夢裡—」老人驚呼：
「但我要如何喚醒你？從深之又深的睡眠中。」

樂興之時

一種永恆之美

多久沒看見這個「留聲機小狗」的圖象了？我們這一代人是幸運的，完整地經歷了黑膠唱片、錄音帶、CD、LD、SACD以及壓縮過的數位化音樂。

最近兩、三年來，黑膠唱片又逐漸在愛樂者的心中復活了。

「黑膠唱片究竟有什麼好？」你若這樣問。

「聽CD，你是在音樂的外面；聽黑膠唱片，你是在音樂的裡面。」

「什麼是音樂的外面？什麼是音樂的裡面？」你再問。

「在音樂的外面？就像是你站在遊輪的甲板上觀海；在音樂的裡面？你化身為魚、鯨，洶湧浮沈於大海，你能切身感受到海水的溫度、律動與拍擊。」

此地有一位教授，他頗為機智地說：「黑膠是紙本書，CD是電子書。」

黑膠唱片是有生命的，而CD像是冰冷的機械人。（紙本書與電子書亦同）

「那麼壓縮過的數位音樂呢？」你又問。

「那是人形立牌。」

若不能親聆現場演奏，退而求其次，也得以較能重現原音的器材來聆聽音樂（當然不可能百分之百地重現），才對得起作曲者與演奏者。

如果你的靈魂皺縮乾涸，而你不願浸潤在音樂的大海裡，那麼你將錯失生命中最美好的一部份。

願我們能在音樂中相遇。

韓德爾的極緩板

　　疲倦的旅人行至遠方，倚靠著樹，歎息道：「樹啊！樹啊！你是我靈魂的安憩所。」隨著簌簌飄落的枯葉，韓德爾（George Friedric Handel, 1685-1759）莊嚴而神聖的極緩板（*Largo*）如金雨般自天際而降—

　　　　輕柔美麗的樹葉
　　　　我至愛的梧桐樹
　　　　願命運對你微笑
　　　　願風雨雷電都打擾不了你的寧靜
　　　　願你不為狂風所摧折
　　　　你的樹蔭如此溫柔可愛
　　　　沒有任何植物能與你相比

　　巴洛克時代的音樂大師韓德爾，一生勤於作曲，種類與數量豐碩，籠括歌劇、神劇、頌歌、管風琴協奏曲各領域，最著者有《彌賽亞》（*Messiah*, HWV56）、《水上音樂》（*Water Music*, HWV348）、《皇家煙火》（*Music for Royal Fireworks*, HWV351）……。

　　這首由假聲男高音或女高音所唱的詠歎調，出自《薛西斯》（*Serse* , HWV40），是韓德爾在 1738 年根據希臘史家希羅多德（Herodotus, c.484-c.425 BC）的《歷史》（*The Histories*）所編寫的歌劇，劇中的男主角，是古代歷史上雄才大略的波斯大

帝薛西斯（Serse I, 518-465 BC），他在劇中被塑造為移情別戀的反派角色，而韓德爾卻藉他之口，唱出最莊嚴、最神聖、絕美的詠歎調 *Ombra Mai Fu*。

這部歌劇初演時反應不佳，不久便被人淡忘了，但韓德爾自始至終十分鍾愛這首詠歎調，特為改編為一首管弦樂曲，即世人所熟知的〈韓德爾的極緩板〉。

曾經在一場教堂婚禮中聽過它，韓德爾的極緩板自高處傳下，迴繞在大堂，一對新人緩緩走過紅毯，在天主的面前立下誓言。

曾經在市川崑執導的電影《細雪》中聽過它，穿著華服的蒔岡家四姐妹遊春，櫻花開得成團成簇，隨著韓德爾極緩板的旋律，妍美的花瓣如細雪般地飄落。

也曾在酒館裡聽過，那時獨自啜飲著苦酒，迴響在心的是韓德爾的極緩板，它像聖樂似地安撫著孤寂的心靈。

有時它也穿過小窗，如一道金光，射入幽暗的斗室，引領我飛出牢籠。

很久很久之後，我才恍然大悟──

它不是聖樂，而是歌劇中的一首詠歎調，是薛西斯大帝對一棵梧桐樹的禮讚。

此後，行走在人生的中途，憂悶、惶惑、困頓、蹇窒、悲憤，心如一團爝火，這時候行經一棵大樹，在柔和的樹蔭下佇立片刻，傾聽樹葉的沙沙作語，哼唱著韓德爾的極緩板，心中的爝

火就暫時止息了。

　　願如樹—

　　撒下溫柔可愛的樹蔭。

　　願如樹—

　　不為狂風所摧折，風雨雷電都打擾不了的寧靜。

假如音樂是愛的糧食

讀完王爾德（Oscar Wilde, 1854-1900）的童話故事，悲傷來得如此猛烈，它淹沒了我—

快樂王子把劍柄上的紅寶石、鑲在兩眼的藍寶石以及身上所有的黃金葉片，都送給了城裡的窮人與病人；而且，還有一隻小燕子陪伴著他呢，他們倆是至死不渝的好朋友，小燕子穿梭在城裡的小巷與暗窗，為快樂王子致送珍貴的禮物。

故事的結尾是在濃冬裡，小燕子凍死在雕像的座下，失去華彩的快樂王子為之心碎，人們把這世界上最珍貴的兩件東西—快樂王子的心與小燕子，一起扔到了垃圾堆。

上帝看顧到這一切，祂差遣天使，把這兩個珍貴的靈魂接回到天國。

結局令我欣慰，所以我的悲傷並非來自〈快樂王子〉，而是王爾德的另一篇故事〈夜鶯與玫瑰〉—

一隻讚頌愛情的夜鶯，為了造就出一朵紅色的玫瑰花—那是愛情的信物，在夜晚的月光下，夜鶯讓玫瑰的利刺插入自己的胸膛，牠唱著歌，歌聲喚醒了玫瑰的沈睡，開出一朵白色的玫瑰花，但白色的玫瑰花是聖潔，不是熾烈的愛情；夜鶯讓玫瑰的利刺更深入自己的心臟，牠強忍著椎心之痛，繼續唱著愛情的頌歌，鮮血經由利刺泊泊湧入玫瑰的生命；當清晨來臨時，夜鶯殞落在草地上，而一朵紅玫瑰誕生了！它像黎明的朝霞那

麼紅艷，那是經由死亡而達成的不朽的愛情。

　　但這朵紅玫瑰最後卻被丟棄到路邊，過往的車輪輾碎了它。

　　喜愛音樂的托爾斯泰（Leo Nikolayevich Tolstoy, 1828-1910）說：音樂與愛情，兩者都令人迷失。

　　小夜鶯，你飛出去吧！飛出王爾德的世界！來，到我們的窗前來，那兒也植有一叢玫瑰，你唱吧，喜悅地唱吧，不需要作那件可怕的事，唱普賽爾（Henry Purcell, 1659-1695）作的那首歌：

> If music be the food of love,
> 假如音樂是愛的糧食，
> Sing on till I am fill'd with joy;
> 唱吧！直到我喜樂滿盈；
> For then my list'ning soul you move
> 你感動了我聆聽的靈魂
> To pleasures that can never cloy.
> 進入永不厭膩的喜樂中。
> Your eyes, your mien, your tongue declare
> 你的眼睛，你的風采，你的唇舌都宣告著
> That you are music ev'rywhere.
> 你是無所不在的音樂。

Pleasures invade both eye and ear,

歡悅湧入眼與耳，

So fierce the transports are, they wound,

來勢如此猛烈，它們受了傷，

And all my senses feasted are,

我所有感官俱為盛宴嘉賓，

Tho' yet the treat is only sound,

雖然只有聲音作為款待，

Sure I must perish by your charms,

我必銷亡於你的魅力，

Unless you save me in your arms.

除非你救我於你懷中。

音樂與愛令人迷失，但音樂與愛也是救贖。

小夜鶯在月光下唱著〈假如音樂是愛的糧食〉，窗前的玫瑰逐漸伸展出卷縮的花瓣，是什麼顏色呢？

純潔的白？

熾烈的紅？

還是深邃而神祕的藍？

都是音樂與愛的結合。

今夜微風輕吹

女僕：微風輕吹
夫人：多麼柔和的西風
女僕：微微的西風
夫人：今晚將會嘆息
女僕：今晚將會嘆息
夫人：在樹林的松樹下
女僕：在松樹下……

這一段極美的二人詠歎調，出自於莫札特的歌劇《費加洛的婚禮》（*Le nozze di Figaro*, K.492）第三幕，劇本的執筆人是才華橫溢、玩世不恭以致聲名狼籍的詩人羅倫索·達·龐特（Lorenzo da Ponte, 1743-1838），莫札特與他合作過三部歌劇，除此尚有《唐喬凡尼》（*Don Giovanni*, K.527）與《女人皆如此》（*Così fan tutte*, K.588），都是曠世傑作。

在1994年出品的電影*Shawshank Redemption*（台灣譯作《刺激1995》，大陸譯作《肖申克的救贖》），在電影的中場，男主角安迪，一位因冤案入獄的年輕銀行家，溜進監獄的播音室，播放起這首極美的詠歎調，如同柔和的西風，暫且安撫了獄中囚徒的暴戾與絕望。

我不知道這兩位意大利女士在唱些什麼？其實我也不想知道，某些事最好留待無言，我樂於這麼想：她們在歌詠著美好的事物，一種無法形容的美，會讓你心痛，那聲音高翔遠揚，飛往連作夢也想不到的遠方，就像美麗的鳥兒振翅鼓翼，高牆與牢籠全都消失了，在此瞬間，監獄裡的每個人都感覺自由了……。

以上是安迪的好友瑞德內心的獨白，耐人咀嚼深思。

這首詠歎調經由公播系統遍傳監獄，每一位囚徒莫不呆立原處，仰首諦聽這來自天國的救贖。

在肖申克之外，監獄無處不在。

是傅柯（Michel Foucault, 1926-1984）所說的那樣嗎？靈魂是身體的監獄，權力與體制塑造了人的靈魂，進而禁錮了人的身體。

或是靈魂與身體互為監獄，彼此綑綁？

如果您擁有一個嚮往自由的靈魂，那麼這首詠歎調將呈獻於您，願能乘著輕柔的西風，飛往任何您所夢想的樂土。

是星辰之上嗎？那裡住著一位慈愛的上帝。

是魯米的花園嗎？一個泯除是非善惡的純淨之地。

還是太平洋濱？一個溫暖的遺忘之地，安迪與他的好友瑞德在此重逢。

莫札特的眼淚

　　把莫札特的書信一封封地看完了，記得他在某一封信裡如此寫著（應是寫給父親的信吧？）：我的興趣在作曲，沒作曲時，時時感到憂鬱，解除憂鬱最好的藥方就是寫信與讀信。

　　莫札特一旦離開了音樂的世界，感到生命的空洞，和一般人一樣，他也需要人情的鏈結。

　　讀著莫札特的書信，同時聆聽著他的鋼琴協奏曲第 20-27 號，寫於 28 歲至 35 歲之間，他生命的後期；慚愧得很，除了那幾首名曲或曲中的某些片斷，我對莫札特是陌生的，現在我讀著他的書信，聆聽著他的鋼琴協奏曲，屢屢翻查至他於作曲前後所寫的書信，於是一個「凡人」與一個為神所鍾愛的「天才」之混合體，由朦朧而逐漸顯像在我的眼前。

　　現在，我正給你寫著信唷！這是一封不經思考隨手寫下來的信，此刻我正聽著他的鋼琴協奏曲第 11 號，之後是 12 號……，我回溯至他的青少年時代，如此精緻、溫潤、典雅，令我起伏不定的心緒暫時舒平了下來，當然也是因為喝了一杯「巴哈咖啡」的緣故。

　　莫札特，這位小神童的誕生，當然是出自於神的鍾愛，但也得益於他有一位專權、嚴厲而博學多才的音樂家父親，老莫

札特望子成龍心切，帶著神童與神童的姐姐遊走於歐洲各個宮廷賣藝，賣藝？一點兒也不為過，那些王公貴族們對樂師、樂匠素以「倡優蓄之」，他們對莫札特一家人的琴藝演出與作曲才能雖然讚譽有加，但所給予的實質報酬卻是極為吝嗇。

莫札特的書信太多了，我一時翻不出是哪一封？成年後的莫札特在寫給父親的一封信上如是說：今天的演奏會非常成功，大獲喝采，我原以為大公爵（或是親王、選帝侯）會賜給我一筆豐厚的賞金，足為旅行中之盤纏，後來我被通知去禮物房領取，結果得到的卻是一只金錶，這樣的金錶我已經有好幾只了，賣不到什麼價錢。（豈不令人沮喪？）

可憐的莫札特，在時代的限制與父親嚴厲的督促下，從小就得曲意迎合承歡在這些王公貴族的膝下，如此塑造出他的心性：渴望被愛與對愛的不確定。據說成年後的莫札特有一次問他的朋友：「你愛我嗎？你愛我嗎？」朋友故意戲弄他說：「我不愛你。」莫札特聽了，立刻流出悲傷的眼淚。

他活在掌聲與孤寂中。

掌聲是他的需求，是他存活的動機與動力，而孤寂來自生命的底層，是從歡樂的縫隙中滲露出來的，或是忽焉飄過晴空的一縷烏雲。但凡人不都是如此嗎？莫札特是凡人，又不僅僅是一般的凡人，他生命的基調是歡樂的，他那源源不絕的樂思是歡樂的，這是神所賜給他的天賦與使命，而這個世界給予他

的卻是困挫與悲傷。

你說的對極了！莫札特就是那位拉著提琴的小丑，小丑把歡樂帶給世界，把悲傷藏在心裡，我們曾經在《無弦之歌》裡如此寫道——

在破曉前的幽幽暗夜，穿著華服的小丑吹起了豎笛——

那是莫札特在最悲傷的時候所作的曲子，樂聲寧靜而祥和，像是一縷縷溫柔的清風。

寫到這裡，第 19 號鋼琴協奏曲行將進入尾聲了，那是為了迎合時代的口味而寫，但並不媚俗，他像一隻心細工巧的織鳥，把音樂織得細緻而優雅，泛著絲綢般的光澤。

接著是第 20 號鋼琴協奏曲，陰鬱晦暗，狂風勁雨步步進逼，但這悲劇性的旋律美極了！另一種不同的美！天啊，我在其中，這是莫札特嗎？這是 28 歲的莫札特的內心世界嗎？據說莫札特的父親從薩爾茲堡親赴維也納，聆聽了這首鋼琴協奏曲的首演，他事後的評論是：「精彩絕倫！我的兒子是偉大的作曲家。」老莫札特不愧是偉大的音樂教育家與賞鑑者。

完成第 20 號之後沒過幾天，莫札特又譜寫了風格完全不同的第 21 號，一掃之前的陰鬱、晦暗與疾風勁雨，21 號回復為晴空麗日，幽微、溫潤、甜美，尤其是第二樂章，略帶深思的憂傷，刻畫細緻而輕盈，這是莫札特的音樂精髓——以樂音抒發

層層細膩的生命感受，出入於規律，意到而筆隨，如蜻蜓之點水，如蝴蝶之翩飛。

　　音樂仍在行進中，現在是第 23 號鋼琴協奏曲的第二樂章——是秋風，拂過殘存在樹梢上最後的幾片枯葉，如此蒼涼的美感，據說是世界上最動人的小調悲歌之一。你如此說：這一樂章含藏著「莫札特的眼淚」，眼淚在眼眶裡打轉，卻不曾滴落。是啊，小丑為眾人帶來歡樂，他得小心翼翼地收藏著自己的眼淚。

那天是 1786 年的 3 月 2 日，他完成了第 23 號鋼琴協奏曲，同月的 24 日又作了一首更為複雜難解的第 24 號，今日被譽為音樂家追求創作自由的經典之作；那時的莫札特，聽從自己內心的聲音，一步步跨出了所屬的時代，他背離了世人，失去了掌聲，生命的悲劇於焉開始。

　　他所需求但從未得到的是「安穩的生活」，在死前的兩三年他寫了不少極為謙卑的求職信，他也寫信給朋友懇託代為介紹工作，但全都石沈大海；我讀著他在生命的最後所寫的書信，幾乎全是低聲下氣地向朋友借錢，在如此貧病交迫的境遇中，他寫出的作品竟都是曠世的傑作！如歌劇《魔笛》（*Die Zauberflöte*, K.620）、《狄托的仁慈》（*La clemenza di Tito*, K.621）以及未完成的《安魂曲》（*Requiem in D minor*, K.626）。

　　想起叔本華所說的：如果你的靈感是來自於神，那麼你就不應該因為沒有獲得世俗的回報而怨嘆。此話其莫札特之謂歟？也許上帝哀憐他的生命吧，及早把他召了回去。（在天堂，他至少可安穩地作一位管風琴師。）

　　有人說：如果莫札特再晚生半個世紀，那時已進入工業革命時代，中產階級逐漸抬頭，如貝多芬，他完全不必仰賴那些王公貴族的鼻息，他自居為精神上的貴族，根據羅曼・羅蘭（Romain Rolland, 1866-1944）所寫的傳記，貝多芬有一次很高興地說：如果我知道有哪一位朋友經濟拮据，我只消坐下來寫

一首曲譜，立刻可以解除他的困難，多麼好！

而莫札特卻沒有這樣的好運。

但一切都是上帝的巧思安排，祂讓鍾愛的莫札特落入凡塵的十八世紀，祂讓塵世的困挫與憂苦磨礪莫札特的心靈，以致莫札特譜出了如此笑淚交織、苦樂並陳的塵世天樂。

飛翔在冷與濕中

愁慘與陰鬱來襲，靈魂的翅膀被冷雨淋濕了，它匍伏在泥塗，再也飛不起來。

是誰？最能寫照這樣的陷落呢？

蕭邦：Prelude for Piano, in A Minor, Op.28, No.2

紀德說：這是一種「流淚的哀愁」、「螺旋形的痛苦」、「眼淚也無法沖淡的絕望」。

但是眼淚，若不是為了世俗的愁苦，而是由於一種平靜的喜悅與悲傷，那麼眼淚是人生最美好的品味。

是誰？最能讓我品味人生中那種平靜的喜悅與悲傷呢？

是舒伯特，是終生貧困蹇滯的舒伯特。

舒伯特：Impromptu for Piano in B flat Major, Op.142, No.3

它讓我的靈魂揚升，飛翔在冷與濕中。

舒伯特的未完成

2019 年 1 月 31 日是舒伯特 222 歲的生日！

當然，他並沒有活這麼久，他在這世界匆匆來去，只活了 31 年；身後無甚長物，連件像樣的樂器都沒有，但他留下的音樂作品卻超過一千首；他在世時默默無名，一直在貧窮的底線上掙扎，他說：「我的痛苦，加上我的天才，成就了我的音樂；但沒有人能真正地了解他人的痛苦，也沒有人能真正地了解他人的快樂。」

凡樂團指揮，莫不渴望指揮舒伯特作於 25 歲的第八號交響曲—《未完成》（*Unfinished* in B Minor, D.795）。他留下許多未完成的音樂和歌曲，以這首《未完成》最為特別，雖只有兩個樂章，卻像是一首完整的交響樂；為什麼沒有完成呢？因為他的樂思至此而竭？因為他忘了它？或者因為這兩個樂章已道盡了他生命中的一切？

以上三種猜測為什麼不可能並存而不悖呢？是的，他已道盡了生命中的一切，他的樂思至此而窮竭，他不需要再繼續下去了，然後他忘了它，或是輕輕地放下了它。

托爾斯泰（Lev Tolstoy, 1828-1910）不也這麼說嗎？「《安娜・卡列琳娜》這本小說，已道盡了我內心一切的情事。」蘇軾東坡先生另有一句畫論名言：「行於所當行，止於所不可不止。」

當止於何時？何處？「止」較諸「行」尤為難。

畫面之留白處，音樂走入寂靜。

《未完成》第一樂章的開始—

「彷彿來自地下的腳步聲！」聽者說。

「海洋底處的幽冥與微動！」又或一說。

那傳自地下的跫音與海洋底處的幽微，俱是來自於舒伯特生命的深處，隨之於後的是歡欣與痛苦、明揚與沈鬱、希望與絕望、甘醇與寂寥……交乘，把音量開大些！你才能感受到彼與此、外與內、底圖與舖面，不但是一種螺旋式的、上升的痛苦，更是橫向與縱向劇烈拉扯的痛苦；曾經有一瞬間，它崩裂了，崩裂為宇宙的微塵，或死寂絕望如赤道的無風帶。

舒伯特在 1823 年寫了一首詩，題為〈我的祈禱〉—

看，我被摧毀於塵土中了，我的失落是聞所未聞的悲傷嘆息，這是我終生的殉難，讓我死吧，落在 Lethe 忘川裡……。但別妄議它！因為沒有人能真正地了解他人的痛苦，也沒有人能真正地了解他人的快樂。

米開朗基羅生命中最後的作品—「隆達尼尼聖殤」（Rondanini Pietá），未完成，沒有任何人能替代他完成，或許連他自己也無法再施加一鎚！

邁諾斯（Minos）那尊斷臂的維納斯雕像，誰能為她補上雙臂？任何的造作與施加，適足以破壞那無法言喻的美。

舒伯特寄世短暫，一個匆促的、未完成的生命，但一千首以上的作品，也足以道盡他生命中的一切了。

杜普蕾與大提琴

中夜未眠，誰令致之？杜普蕾（Jacqueline du Pré, 1945-1987）。

「當杜普蕾開始拉琴的時候，她就化成了大提琴。」

人們這麼形容她，但我不這麼想，我以為是——

「當杜普蕾開始拉琴的時候，大提琴就化成了杜普蕾。」

有一則希臘的神話：神在造人的時候，把一個完整的靈魂劈成兩半，在每個身體裡只塞進去半個靈魂，所以每個人終其一生，都在尋找著自己另一半的靈魂。

杜普蕾的另一半靈魂，就藏在大提琴裡。

請看，她試調了幾個音，你注意聽，你將會聽見「卡」輕巧的一聲，兩個二分之一的靈魂完美地扣合在一起了。

艾爾加（Edward Elgar, 1857-1934）的 E 小調大提琴協奏曲（Op. 85），抒情，簡單，蘊含著美與智慧；在杜普蕾之前，諸位前輩大師先後都演奏過，但並未得到音樂界的重視，直到杜普蕾——

「我每一次演奏它的時候，我的心如同撕裂般地疼痛。」杜普蕾說。

如果作曲者艾爾加能夠親臨現場，他會說什麼呢？他應該會這麼說：「我描繪了它，而你（杜普蕾）給了它生命。」

沒有人世間的世故與虛矯，杜普蕾的音樂直接湧自生命的大海，每一波長浪，每一次的跳浪，每一聲雷鳴般的轟響，都在心的沙灘刻下了印跡。

　　在她短短十二年的演奏生涯中留下的每一首作品，都令人一聽再聽，感不自勝。

海上鋼琴師

海上鋼琴師的奇幻人生——
一部關於八十八個琴鍵、關於有限與無限的電影。

　　海上鋼琴師，誕生在船上，被父母棄於頭等艙音樂廳的一架鋼琴上，船上的黑人煤工發現了他，為他取了一個特長的、不像名字的名字，Danny Boodman T. D. Lemon 1900（以示「收養人」以及收養人發現他的「空間」與「時間」），簡稱作1900；但是，他沒有一般自然人所必具有的國籍、出生證明與姓氏，他從不曾跨上陸地，一輩子生活在船上，最後與船同歸於盡。

　　他之存在於這個世界，是一名過客，是異鄉人，是一場虛幻的夢境，唯一能證明他存在的，是一張破碎的、被重新黏合的唱片 Playing Love，但這首戀曲太短了，連三分鐘都不到。
　　這部電影應該如何分類——
　　悲劇？喜劇？虛構？寫實？
　　悲中有喜？喜中有悲？虛構中有真實？真實中有虛構？

　　幸運的是，作為這部電影的觀眾，作為這個世界的自然人，我們擁有姓氏、國籍、出生證明以確立自己穩固的存在，但是世俗所給予的證明，對於一個渴慕的心靈可能毫無幫助。

依據海德格（Martin Heidegger, 1889-1976）的《存在與時間》（*Sein und Zeit*）：我們被「拋擲」到這個時空—這個世界，對於自己的「來處」與「來意」，像個孤兒般地茫然無知；是的，我們確曾努力為自己尋找生命的意義，並勇敢地去完成它，可是年老的所羅門王卻說：「**虛空，虛空，虛空的虛空，一切都是虛空。**」（《聖經》之〈傳道書〉）

　　一段豐功偉業，著作等身，響亮的頭銜、傲世的財富……，能夠證明自己存在的意義嗎？

　　其實他（海上鋼琴師）並不難理解，因為我們生命中的一部份就是他。

　　他從來沒有真正地進入過「人群」與「真實的人生」，他始終扮演著局外人的角色，冷眼旁觀如流水般來來去去的人與形形色色的人生，並以此自娛。

　　雖然在船上的生活怡然自在，但在他的內心有一個巨大的空洞，他無父無母，養父也在他年幼時因意外而死，他在這個世界沒有根（如海上的一艘船），但他也需要與人的聯結，他以音樂作為聯結的媒介，當船靠岸時，所有的人都下船了，他音樂的對象消失了，他獨處於空盪盪的船上，他需要抓住什麼，但是什麼都抓不住，這個世界沒有給過他什麼，只給了他空虛與恐懼。

　　這是他內心的祕密，即使是他的摯友也不得窺知。

　　直到在船上曾經一瞥的一位陸地女孩吸引住他，讓他興起

了跨上陸地之想；他站在船與陸地之間猶豫著，那是他生命中的轉折點，一個「量子躍」（quantum jump），跨上陸地於他而言，就是進入人群、躍入真實的人生，但即使是陸地上那位女孩的吸引力，也無法強過於他的恐懼，他退縮了。

她是一架有著無限琴鍵的鋼琴嗎？

繼續彈下去，會是癌癌的嗎？

或是完全地走調？

可惜，唯一的一次改變人生的機會，被他扔進了港邊海的波沫中，他終於與陸地、城市、迷戀的女孩、真實的人生無緣了。

船與鋼琴是「有限」的，完全在他的掌控中，他可在有限中運用自如，變幻著無限；如果鋼琴不是八十八個琴鍵，而是無限的琴鍵，他將再也無法彈奏出自己心中的音樂。

當他站在船與陸地之間，遠眺著無有邊際的城市，那是一架有著無限琴鍵的鋼琴，他不確定自己能否隨心所欲地演奏人生；而且據他所觀察的來自陸地的人們，他知道城市裡充斥著慾望，好似一張著黑暗的大口，隨時等待著吞吃誤入陷阱的異鄉人。

那慾望的胃口也是無限。

所以，他寧可與他安穩的有限（船與鋼琴）同歸於盡，在寧靜祥和如天堂般的樂聲中，如同宇宙初始的大霹靂，一切都化為夢幻泡影了。

三首頌歌

攝於法國的美茲（Metz），魏崙的出生地。

月 光

　　黃昏時，一隻夜蛾停駐在一朵朱槿花上，我與牠四目相對良久，逐漸憶起了曾經熟識的一隻夜蛾。

　　我記得，你講過那隻夜蛾的故事：有一朵小黃花，它很害怕黑暗與孤單，一隻夜蛾偶然經過這裡，聽見從黑暗中傳來的啜泣聲，於是牠留了下來，陪伴小黃花度過漫漫長夜，一直到黎明。（見《金背鳩奏鳴曲》之〈夜深沈〉，頁 79-81）

　　你也害怕黑暗與孤單嗎？

　　我喜歡深夜，但害怕黑暗。

　　我需要光，我喜歡有著明潔月光的深夜，而且有著默契相照的同伴，就像 Caspar David Friedrich 的那幅畫—〈對月沈思的兩個人〉（*Two Men Contemplating the Moon*）。

　　若是詩人呢？獨行在月光下的詩人，會沈思著什麼樣的詩句呢？

　　經你這麼一問，從我心中悄然升起的，是法國象徵派詩人魏崙（Paul Verlaine, 1844-1896）的詩〈月光〉—

> 你的靈魂選擇了這幅風景
> 以魔幻的面具與舞蹈增益其風采，
> 在斑爛的彩妝與華服下
> 彈著魯特琴，跳著舞。

以悲傷的曲調歌頌著
愛的滿盈與生命的豐盛，
仍不敢輕信這幸福為真
歌聲融入清寂的月光裡。

憂傷而甜美的月光啊，
你讓樹上的小鳥們入夢，
你讓藏伏在大理石雕像中的噴泉
湧出歡樂，卻似啜泣著。

魏崙的詩，以華鐸（Jean-Antonie Watteau, 1684-1721）的畫作〈華宴〉（*Fêtes galantes*）為藍本，而魏崙的詩又啟發了同時代兩位音樂家佛瑞（Gabriel Faure, 1845-1924）與德布西（Claude Debussy, 1862-1918），佛瑞依詩句譜了一首聲樂曲〈月光〉（*Clair de lune*, Op.46, No.2），而德布西作了一首純淨柔和如同天籟的鋼琴曲〈月光〉（*Clair de lune*）。

華鐸的畫、魏崙的詩、佛瑞與德布西的音樂，在不同的時空交會於月光下。

獨行的詩人並不孤單。

若是一位中國的詩人呢？

中國的詩人在月光臨照的夜晚，興起的往往是「離散」與「鄉愁」，如李白「舉頭望明月、低頭思故鄉」是鄉愁，若蘇軾「明月夜、短松崗」是對亡妻的思念。

此時我想著的是一生窮蹙的杜甫，這位遠在一千兩百年前的詩人，擅長於規律謹嚴的律詩，但即使是沈思苦吟，亦不露斧鑿的痕跡，不同於魏晉詩中流動的華美，他的詩勃發著一股沈鬱而悲壯的生命力。

　　某月明之夜，杜甫飄泊於江上，思及自己徒有詩人的盛名，卻衣食無著，無所依歸，他如此吟嘆著—

> 細草微風岸，危檣獨夜舟，
> 星垂平野闊，月湧大江流；
> 名豈文章著？官應老病休，
> 飄飄何所似？天地一沙鷗。

　　星垂平野，月湧江流，宇宙宏闊偉巨，萬物流動不息，相照於個人生命的孤渺，淒苦徬徨充溢於詩人的心懷。

　　但是詩人哪，你會飛，沙鷗展翅，天地作家。

　　暮色昏冥，黑夜即將到臨，朱槿花垂下了頭，不遠處的小黃花也都酣然入睡了。

　　夜蛾呢？牠將飛往何處？以度過漫漫黑夜。

　　若今夜無月，我願飛天作明月—夜蛾說。

孤獨

為這幅藍色的水彩畫，你會配上什麼音樂呢？

首先是舒伯特的〈夜與夢〉（*Nacht und Träume*, D.827），根據德國詩人馬修 · 科林（Matthäus Kasimir von Collin, 1779-1824）的短詩而譜，你且聽聽看─費雪迪斯考 (Dietrich Fischer-Dieskau, 1925-2012) 的演唱，吉拉德 · 摩爾（Gerald Moore, 1899-1987）的鋼琴伴奏：

> 夜與夢
>
> 聖神的夜，你沈入；
> 夢也在夜裡浮盪
> 當你的月光滿盈室內，
> 也滿盈著夢者的心。
> 他們懷著喜悅傾聽；
> 呼求─當白晝甦醒：
> 美好的夜，回來吧！
> 美好的夢，回來吧！

詩與曲皆具清韻，而演唱與鋼琴亦靜謐如夜、澄澈若水，我一再地傾聽，幽然而神往，舒伯特聞之亦當啞口無言吧？那位詩人馬修 · 科林究竟是誰？

他是十八、十九世紀之交的人物，出生與逝世都在維也

納，與其兄長俱為當世著名的詩人；舒伯特譜了幾首他的詩——*Der Zwerg*（D.771）、*Wehmut*（D.772），以這首 *Nacht und Träume*（D.827）最佳，為歷來演唱會上經常出現的曲目。

又想起另一首，是早逝的英國作曲家亨利・普賽爾 (Henry Purcell, 1659-1695) 的作品，請聽阿爾弗雷德・戴勒（Alfred Deller, 1912-1979）的演唱——

噢！孤獨

噢！孤獨，我最甜美的選擇！

適宜夜晚之境，

遠離塵俗與喧囂，

我那如縷如流的思緒多麼喜悅！

原是法國詩人 Marc-Antoine Girard de Saint-Amant（1594-1661）的長詩 *La Solitude*，寫於 1617 年，當時他才二十三歲，是一位早慧的詩人；同時代的英國女詩人 Katherine Fowler Philips（1631-1664）翻譯並改寫了它，她雖非此詩的原創者，但本身也是一位才華洋溢的詩人、翻譯家兼散文作家，可惜年僅三十三歲就因病猝逝了；她的譯詩有二十節之長，而作曲家只用了其中的兩節。

普賽爾是開在英國巴洛克時期的一朵奇葩，英年早逝，有一則不知是否屬實的傳說：他於深秋某夜晚歸，被妻子峻拒在門外，致得風寒而死；雖然得年僅三十六歲，但其器樂作品與

聲樂作品的質與量，在此後兩百年的英國無人能出其右，直到近代艾爾加（Sir Edward William Elgar, 1857-1934）出，才堪能與之分庭抗禮。

　　阿爾弗雷德・戴勒於 1965 年在西敏寺的演唱，可謂絕唱呢！請繼續聽下去—

> 噢！孤獨，我最甜美的選擇！
> 噢，天堂！我心懷喜悅
> 看見那些樹，它們出現
> 從宇宙的創始，
> 歷經滄桑萬劫，
> 到今日看來仍然蒼翠蔥綠，
> 如同原初所呈現的美。
>
> 噢，多麼怡悅的景象—
> 那些高聳的山脈橫呈在前，
> 它們招請著人間的不幸
> 所有的悲苦在此盡皆消融，
>
> 噢，我多麼喜愛孤獨！
> 那崇高智慧的原質，
> 讓我學得了阿波羅的才藝，
> 不需專研苦求……

是靈魂孤獨而欣喜地飛翔在夜晚的夢境裡，詩人里爾克（R. M. Rilke, 1875-1926）這麼說：孤獨，是上帝的旨意，祂要你孤獨，如此祂將賜給你智慧與靈感。

東方的中國，亦有類似讚頌孤獨的詩嗎？
我首先想到的是初唐詩人陳子昂（字伯玉，被尊為唐詩詩祖，661-702）那首人人朗朗上口的〈登幽州臺歌〉—

　　前不見古人，後不見來者；
　　念天地之悠悠，獨愴然而淚下。

詩意為：置身於蒼茫的天地與時間的長流中，感受到個人的孤獨渺小，因而愴然淚下。
我雖欣賞陳子昂的〈登幽州臺歌〉，但更喜愛中唐詩人柳宗元（字子厚，773-819）的五言絕句詩〈江雪〉—

　　千山鳥飛絕，萬徑人蹤滅；
　　孤舟簑笠翁，獨釣寒江雪。

以二十個字呈顯出一幅靜寂空靈的畫面，其中「絕、滅、孤、獨」四字，斷去了與世俗塵網的糾葛與羈絆，這首詩影響及此後數百年中國山水畫的畫風。
另有一闋北宋文豪蘇軾的詞〈臨江仙〉—

夜飲東坡醒復醉，歸來彷彿三更，家童鼻息已雷鳴，敲門
都不應，倚杖聽江聲。
長恨此身非我有，何時忘卻營營？夜闌風靜縠紋平，小舟
從此逝，江海寄餘生。

讀蘇軾此詞令人既悲且欣，聽哪，江聲入耳，盡棄塵俗營
營，小舟逝矣，江海寄此餘生—這是生命寂靜而恬適的夕暮黃
昏。

元朝畫家倪瓚（字元鎮，號雲林，1301-1374）的絕塵潔癖，
令其畫風清冷孤絕。

倪雲林喜畫空無一人的孤亭—

那是〈容膝齋圖〉。

購自故宮的〈容膝齋圖〉複製畫，曾掛在我書房多年—

我也在書房掛過同樣的畫。

最灑脫的是哲人莊子吧？獨與天地精神相往來！

如此自由無羈地穿梭在時空中。

聖殤

人是否可能在沒有痛苦之下重塑自己？

人是否可能同時是石頭、鎚子、雕刀與雕鑿的手？

羅曼‧羅蘭（Romain Rolland, 1866-1944）在為米開朗基羅（Michelangelo di Simoni, 1475-1564）作傳時，以萬分感傷的語氣形容這位一代巨匠：上帝把一個天才的靈魂塞進一具凡夫肉軀裡，讓他飽受身與心交逼之苦，那天才的火焰從內部焚燒噴發而出，磨難著他的身體，他總是處於創作的狂躁中，不眠不休，以麵包與酒裹腹，終生辛勞，沒有享受過一天的安逸。

然而，這麼狂躁的靈魂卻能雕鑿出如此寧靜祥和的「聖殤」像（Pietà），令親睹者莫不感動神傷！那是米開朗基羅年輕時（24 歲）受法國紅衣大主教委託而作，所表達的情境是：聖母懷抱著被釘死的耶穌，其面容呈現著哀傷；但米開朗基羅呈現的卻不是世俗的悲慟，而是經過昇華之後的寧靜與祥和，想像著：米開朗基羅在雕鑿聖殤的過程中，其靈魂的狂躁、憂懼、悲痛、絕望、軟弱、猶疑……似也藉此而撫平了。

聖殤—作為歐洲宗教藝術的主題之一，除了雕塑，在別的門類的藝術中，也有理想的古典美以與米開朗基羅這尊聖像匹配的作品嗎？

創作於十三世紀的長詩〈聖母悼歌〉（*Stabat Mater Dolorosa*），是為世人傳誦至今的名作，作者是誰？仍有爭

議，一般歸於雅克布內‧達‧托迪（Jacopone da Todi, 1230-1306）名下。

雅克的一生頗具傳奇性，他既是律師，又是詩人與劇作家，功成名就令他貪婪自負，虔誠信主的妻子芳娜（Vanna）為此深感不安，暗修苦行以為丈夫懺罪，但雅克始終渾然不知，直到有一天芳娜遭遇意外，雅克衝去搶救時赫然發現垂死的妻子竟穿著苦衣！他為妻子的慘死而悲慟，也為自己的宿行而羞慚，他下定決心要重塑自己的生命，放棄世俗生活，作了聖方濟派的遊方修士。

這首歸於雅各名下的拉丁文長詩，計有六十行，分為二十小節，每節三行，每節之前兩行押韻，強與弱交替，第三行則以強、弱、弱作結，其文辭優美典雅，其音韻呈顯出寧靜而祥和的律動；至十八世紀時，天主教會正式納它為節日禮儀並作為日常的課誦。

音樂家們也特別垂愛於它，包括巴哈、海頓、舒伯特、李斯特……，直至今日的阿福‧派爾特（Arvo Pärt, 1935-），都不免為此長詩〈聖母悼歌〉譜曲，古今版本眾多，其中以喬凡尼‧巴帝斯坦‧斐高雷西（Giovanni Battista Pergolesi, 1710-1736）的譜曲最扣人心弦。

斐高雷西是一位天才型的意大利音樂家，在二十六歲時病逝於修道院，和英國浪漫派詩人濟慈同齡去世，另一隻永生之夜鶯；此曲是他在修道院養病期間最後的遺作，旋律優美，剛柔和諧，女高音與女低音交替輪唱，其低迴處最令人感傷動容—

基督，當我離此塵世
請賜我聖母慈護
得此勝利光榮

在我肉軀銷亡之日
願我靈魂蒙受福恩
獲享天堂榮光　阿們

　　斐高雷西抱病譜寫此曲，他已預知自己生命將盡？在這首
聖歌裡，他灌入了自己的靈魂，以及對天堂與永生的企求。

　　在完成這尊聖殤傑作四十八年之後，米開朗基羅邁入
七十二歲的老齡，此時他已歷盡人生的滄桑變幻以及愛恨離散，
死亡在暗處窺伺著，隨時可能將他劫掠而去；他在沒有接受任
何委託的情況下，以顫抖的雙手拿起了鎚鑿，他要為自己製作
一尊聖殤雕像，置於未來的陵墓上。

　　為什麼呢？選擇「聖殤」這個主題？

　　是想藉此來撫平千瘡百孔、疲累不堪的靈魂？

　　還是以此來審視死亡的面容—這個自出生以來即面對的神
祕的主人？

　　他為此孜孜不倦地工作，卻在六年之後，毀去了這件作品。

　　為什麼呢？

　　是因為不成材的石頭？

　　還是不滿意於那雙雕鑿的手？

　　這尊被他毀去的雕像，經由他人的修復，現今仍存放在佛
羅倫斯的博物館，稱之為「佛羅倫斯聖殤」（Florence Pietà）。

在毀去佛羅倫斯聖殤雕像之前，事實上他已開始了雕鑿另一尊聖殤像，與之前的兩尊完全不同，他推倒了年輕時代所信仰的一切！他不再追求那種和諧、安穩、寧靜、祥和的古典美，他把聖母與聖子的身體雕得瘦削而且拉長，已死的耶穌身體向下沈墜，而身後面容哀淒的聖母扶持著他，形成向下沈墜與向上揚升的兩股力量。

《聖經‧約翰福音》如此記錄耶穌臨死前的場景：「耶穌嘗了那醋，就說成了！便低下頭，將靈魂交付神了！」

耶穌受苦，是為了人類而受苦。

耶穌之死，是為了救贖人類而死。

耶穌結束了塵世的生命，而祂永恆的生命回到了天國。

祂說「成了！」世人的罪因祂被釘十字架而消解。

藉著一支微弱的燭火，這位愈來愈孤獨的老人在黝暗如墓室的起居室工作，他和死亡進行著親密的對話，他也不讓任何人觀看他的作品。

「他老是在工作。一五六四年二月十二日，他站了一整天，做《哀悼基督》。」這是羅曼‧羅蘭所寫《米開朗基羅傳》的終曲，傅雷的中譯。六天之後，二月十八日的黃昏，勞苦工作一生、自認一事無成的米開朗基羅息勞了，羅曼‧羅蘭如此作結：「終於他休息了，他達到了他願望的目標：他從時間中超脫了。」

這尊「隆達尼尼聖殤」（Rondanini Pietá）像，他為之工作了十二年（1552-1564），他最後的作品，他生命中的最後一鎚，尚未完成，永遠地凝凍在時間裡了。

後　記

後　記

本書掇集了五十六篇詩文，或長或短，別分為十二輯。

即興曲七篇：

俱為抒情的小品，它們都是不費心力之作，如同精靈般從心中自然湧出，因此歸類為**即興曲**──這是西方音樂的品類之一，作者喜愛音樂家的即興曲，作者也喜愛畫家的即興之作──素描或簡筆速寫，更不用說文人與書家塗塗抹抹的草稿了！即興之作如水之流行，行於所當行，止於所不可不止，願讀者也能如作者一樣，欣閱這七篇短小而輕靈的小品。

《幻想之翼》是《無弦之歌》精神的延續，《無弦之歌》的開篇文為〈某一個上午，在花園〉，《幻想之翼》乃以〈某一個清晨，在花園〉展開，以與前書相應；同一個花園，同一株小黃花，蘊含著不同的意趣，但是同樣的喜悅。

唱和集五篇：

為本書兩位作者對談之文，在《無弦之歌》以〈二重唱〉歸為一輯，《幻想之翼》不擬沿用，原因是：新輯雖是對談，但多不註直接引號，特意隱去彼、我之分，誰推波？誰助瀾？言者何人？誰作應答？唯讀者心領而神會之，此為對談寫作的另類體裁。

輯中〈陽台小花園〉、〈定風波〉、〈狗木樹的春天〉三

篇，東方文化與西方文化並陳，為免偏西而失東，故以〈唱和集〉為名，「唱和」一詞出自《詩經‧鄭風‧蘀兮》：「叔兮伯兮，倡（唱）予和女（汝）。」示親友相聚、謙談和樂之象，後世群賢相會，三巡之後，作詩、填詞、屬文，來往唱和（酬唱、唱答），樂趣實多！

願效尤古人唱和之樂，故名之。

饗宴六篇：

「饗宴」一詞，得自於吳錦裳先生所譯柏拉圖的著作《饗宴》（*Symposium*），另朱光潛等先賢譯此書，書名譯為《會飲》，或更近於原書之意，sym 有「聚合」之義，古代希臘人的風習─眾人會聚晚宴，於志得意滿之餘，再啜飲美酒，其間伴以舞蹈、音樂、詩歌朗誦，或專就某一主題進行論辯。

《無弦之歌》借用饗宴一詞（但與古希臘會飲論辯的風習無關），就當桌的佳餚與飲品（如：南瓜、巧克力、檸檬月餅、青春之泉……）作翩翩聯想，思緒蔓延至神話、詩歌、文學、音樂、繪畫……等文化各個層面；由於作者二人意興方酣，故於《幻想之翼》再輯六文，謹備食物、飲品、水果以饗讀者，尤以〈智慧之泉〉源遠流長，堪與前書〈青春之泉〉相應而合流，因為「青春，需要與智慧這位良伴同行。」（見本書《饗宴》：〈智慧之泉〉）誠哉斯言也！

賦格花園五篇：

賦格，是 fugue 的音譯（德語 fuge、法語 fugue、義大利語

fuga），其語源一般認為來自拉丁文，原意是「追逐」與「飛翔」；它是西方古典音樂的一種創作形式，其特點是：相互模仿的聲部以不同的音高、在不同的時間進入，依對位法組織在一起，賦格音樂在巴哈的時代發展至高峰。

仰視天空，見群鳥開展雙翼，上下頡頏飛行，不由地自己也聯想翩飛了一鳥啊！音符與旋律的追逐與飛翔！這美好的意象令作者愛不能釋，《無弦之歌》輯有賦格花園五篇，《幻想之翼》再續五篇，溪邊的鵁鶄，花園的雲雀與鴿子，隱在林梢不知名的鳥兒，牠們的追逐與飛翔，五首無聲的賦格。

映象兩篇：

宇宙無盡，一體相連。

這是《華嚴經》所演述的華藏世界，若要舉實例，則是帝釋天頭上所戴的摩尼寶珠，珠珠相映，含藏彼此。

此輯收〈鏡子〉與〈鏡中之鏡〉兩篇，分別以一幅「畫面」與一首「音樂」演繹「宇宙無盡、一體相連」之義。

畫面暗示著一個悲欣交集的故事—

夜深時，站在黑暗中的一個人，望著一棟透出溫暖與光明的街屋，他忍不住扣響緊閉的門，門開了，但半開著，現出隱於牆與門之間的半個人。

那麼，下個瞬間呢？

行走於人世，總是時時記省著俄國作家索忍尼辛（Aleksandr Solzhenitsyn, 1918-2008）在《伊凡·丹尼索維奇的一天》裡所寫的一句話：「你怎能指望一個處於溫飽的人，

去了解一個又饑又寒的人呢？」門關上了，孤冷的人被峻拒在黑夜中。

但下個瞬間，也可能是——

在稍時的遲疑之後，門大開，門裡人與門外人彼此顧視，如同看著鏡中的自己，原來你與我為一，你與我終於與久別的自己重逢了！

〈鏡中之鏡〉——

鋼琴清寂而寧靜地行走在小提琴簡而悠長的旋律裡，鋼琴聲如雨滴、如露珠、如跫音、如葉之開展……，週而復始，悄悄生發萬象，但萬象其實為一，也將化歸為一；我們相遇在音樂裡，也同行在生命的進程裡。

此輯雖艱澀難解，但作者以為：它是全書中最美的篇章。

幻想之翼五篇：

人哪，若是沒有想像力，是多麼地悲哀！

他被困在身體裡，只能在塵土裡打著滾，就像紀德在日記中所引述的——螢火蟲就是帕斯卡爾所描繪的人，爬行的孱弱的生物，但是額頭頂著一顆亮星。（《紀德日記》，李玉民譯，上海譯文出版社）

想像力，能讓人展翼高飛！

本輯所收之五篇，是作者逞其想像力展翼高飛的五段奇幻旅程——畫筆和鋼筆、魔術師、有兩片葉子的薑花、貓和鳥，尤其是週六的飛翔，集古今東西濟濟才士群聚一堂，高唱席勒的〈歡樂頌〉與《禮記》的〈禮運大同篇〉，令人歡喜雀躍。

何能致之？幻想之翼。

第五個小丑一篇：

《無弦之歌》有〈四個小丑〉一輯，後來作者在美國小鎮的古董店裡，發現了流浪在外的小丑普欽內拉（Pulcinella），遂把他帶回歐洲，加入原有的小丑家族，成為第五個小丑。

由於第五個小丑的加入，他們乃能組成弦、管二重奏，男高音一名，並兩位善解的聽眾，長夜漫漫，即使無眠，卻再也不寂寞了。

琴劍和鳴兩篇：

一枝名為「鯨劍」的筆，被困於匣內，假三閭大夫之口，日日作不平之鳴（見《楚辭》之〈卜居〉），它既不願與鄙俗粗劣者為伍，亦不欲效尤屈原憤而沈江，乃於某風雨大作之日，鯨劍出匣化為大鵬而去！

另一枝筆，名為「琴筆」，先是被音樂家舒曼在貝多芬的墓前拾獲，舒曼以這枝筆譜曲，如有神助，僅以四天的時間就完成了春天交響曲；這枝善於詠春的鋼筆後來不知去向，直到一百八十年之後，一位東方人在市集買到了一枝神奇的鋼筆，筆裡長駐著貝多芬的靈魂，夜晚時鋼琴聲叮咚作響，是貝多芬在彈奏著自己最喜歡的樂曲呢！

這兩篇故事虛中有實、實中有虛，信不信由你。

四季四篇：

不知道別的星球如何？在地球上—我們所居住的美麗的藍色星球，得天獨厚地擁有春、夏、秋、冬四個季節，四季經年輪替不休；四季雖有始有終，但四季的輪替卻是一個永恆的圓。

本輯中的四季，依序是冬、春、夏、秋—〈冷、冷、冷〉、〈春天之憧憬〉、〈牧神的午後〉、〈秋天才要開始〉，四季各具風情，四季皆含藏著夢想與希望的種子。

此時正值盛夏，藍色的地球發著燒！窒悶、冗長而騷動，讓我們來借用詩人雪萊的詩意—夏天已經在這裡了，秋天還會遠嗎？行將立秋了，秋日和，是最適宜閱讀、冥想與沈思的季節。

樹之組曲七篇：

《金背鳩奏鳴曲》輯有〈山之組曲〉，《無弦之歌》輯有〈花之組曲〉，《幻想之翼》續之，輯〈樹之組曲〉七篇。

樹是靈魂的安憩所。

舒伯特在最孤獨的時候，譜寫了威廉・穆勒（Wilhelm Müller, 1794-1827）的詩為 24 首聯篇歌曲《冬之旅》（*Winterreise*），最著者是第五首〈*Lindenbaum*〉（中譯菩提樹，其實是椴樹），即將遠行的年輕人向一棵老椴樹（他靈魂的安憩所）依依告別。

本輯中的七棵樹—或昂然聳立、或倒臥在地、或把自己困住、或開展雙臂歡呼、或於殘缺中顯現出美……，俱是作者朝

夕相對、心心相通的靈魂之友。

樂興之時九篇：

樂興之時，法文作 Moments Musicaux（意為音樂的瞬間），它比即興曲（Impromptu）的規模尤小，而偶發的、抒情的意味更濃。

本書首輯即興曲，借用此類音樂偶發的特性，抒寫的是偶發而漫行的思緒、若有若無的寂靜之聲，一種輕靈而天成的美；本輯樂興之時，俱與音樂相關，抒寫三首歌劇中的詠嘆調─〈韓德爾的極緩板〉、〈假如音樂是愛的糧食〉、〈今夜微風輕吹〉，以及音樂與人生的交匯─〈一種永恆之美〉、〈莫札特的眼淚〉、〈飛翔在冷與濕中〉、〈杜普蕾與大提琴〉、〈海上鋼琴師〉計五篇，至於〈舒伯特的未完成〉，舒伯特嚐受人生，僅有短短的三十一年，卻完成了千首以上的樂曲，幾乎已道盡了生命中的一切。

究竟什麼是音樂？有些聲音挑動人的感官，有些聲音直入靈魂的深處，但世間全稱為音樂。

頌歌三首：

頌，為《詩經》六義（風、雅、頌、賦、比、興）之一，是配上舞蹈、藉以讚美神靈與祖先的樂歌；後世增益其內涵，不限於宗教儀典，凡「讚美稱揚」之作均可稱為頌或頌歌，如竹林七賢之一的劉伶嗜酒而有〈酒德頌〉之作，唐朝元結撰〈大唐中興頌〉，顏真卿書之並刻碑（今為書法名作）；再演化之

則有「椒花頌」（新年時所撰之吉語）、「河清頌」（頌揚國泰民安）等，非為文體的一種，而是作為普遍意義的成語；佛教文學亦有「頌古」一類，就古代禪宗公案，以詩的形式來發揮其精義。

本輯頌歌采取最寬廣的意涵—贊美稱揚，而有三首之作—〈月光〉、〈孤獨〉與〈聖殤〉。

作為本書的作者之一，且擔任編輯校對一職，如有紕誤疏漏，或外文與中文之對譯有不允當處（信、雅、達難以得兼，寧舍信而取其雅達），請務必責于本人；又書中圖像計四十六幀，其中之八採自維基百科之公領域，另列註記附於後。

幻想之翼終於要高飛了！

作者特要感謝合作多年的美術編輯賴麗榕君，也要感謝本書兩位作者共同的學生廖梅珍君，廖君慨然襄助校讀大任，不然以我等昏茫的雙眼恐不堪負荷，當然還要感謝讀者您，當我們在暗夜相遇時，心靈與心靈交會，誠然是生命中最美好的時刻。

郭 鴻 韻

於 2018 年夏

靈魂，乘著幻想之翼，飛吧！

圖象註記

Cover of the sheet music for "*In a Monastery Garden*" (1915)

Frontispiece
By Édouard Manet（1832-1883）for the poem L'après-midi d'un faune by Stéphane Mallarmé
https://commons.wikimedia.org/w/index.php?curid=892683

Faun and Nymph
By Hungarian painter Pál Szinyei Merse（1845-1920）
oil on panel, 33cm x 22cm, 1867
Hungarian National Gallery
https://commons.wikimedia.org/w/index.php?curid=481821

Vaslav Fomich Nijinsky（1890-1950）, in the ballet Afternoon of a Faun,
1912
By Leon Bakst（1866-1924）
https://commons.wikimedia.org/w/index.php?curid=210679

Flora
Fresco, 1st century AD
Villa di Arianna in Stabiae near Pompeii
Naples National Archaeological Museum
Photographer: Marie-Lan Nguyen
https://commons.wikimedia.org/w/index.php?curid=22742083

Michelangelo's Pieta
Marble, 174cm x 195cm, 1499
St. Peter's Basilica, Vatican
Photographer: Stanislav Traykov - Edited version of (cloned object out of background)
https://commons.wikimedia.org/w/index.php?curid=3653602

Michelangelo's Pieta
Marble, H. 226cm , 1545-1555
Museo dell' Opera del Duomo, Florence
Photographer: Marie-Lan Nguyen / Wikimedia Commons, CC BY 2.5, https://commons.wikimedia.org/w/index.php?curid=21890830

Michelangelo's Pieta
Marble, H. 175cm, 1552-1564
Museo d' arte antica in the Sforza, Milan
Photographer: Paolo da Reggio - Own work, CC BY-SA 3.0, https://commons.wikimedia.org/w/index.php?curid=465664

關於 B7272 小行星

　　沒有人是孤單的，因為每個人都擁有一顆屬於自己的星星。我的星星是 B7272 小行星，它在遙遠的宇宙深處，不，也許並沒有那麼遙遠；有時我中夜醒來，醒在空虛與絕望裡，我的星星總會在瞬間穿越夜空，與我目光相接，那時我就會明白：我以為從我生命中所流失的一切，其實並沒有遠離我，一樣不少，全在我的 B7272 小行星上等著我，那是我的來處，我的歸處，我靈魂的祕密基地。

作　　者　張淑勤　郭鴻韻

文字編輯　廖梅珍

美術編輯　賴麗榕

版　　次　2019 年 1 月一版一刷

發 行 人　陳昭川

出 版 社　八正文化有限公司

　　　　　108 台北市萬大路 27 號 2 樓

　　　　　TEL/ (02) 2336-1496

　　　　　FAX/ (02) 2336-1493

登 記 證　北市商一字第 09500756 號

總 經 銷　創智文化有限公司

　　　　　23674 新北市土城區忠承路 89 號 6 樓

　　　　　TEL/ (02) 2268-3489

　　　　　FAX/ (02) 2269-6560

歡迎進入～

八正文化　網站：http://www.oct-a.com.tw

八正文化部落格：http://octa1113.pixnet.net/blog

國家圖書館出版品預行編目 (CIP) 資料

幻想之翼 / 張淑勤 郭鴻韻著 . -- 一版 . --
臺北市：八正文化，2019.01
　　面；　公分
ISBN 978-986-93001-3-1（精裝）

855　　　　　　　　　　　　　107023903